KB217800

개와 늑대와 도플갱어 숲

민음의 시 ● 324

개와 늑대와 도플갱어 숲

임원묵 시집

민음사

자서(自序)

그 어떤 각오나 약속 없이도
슬픔을 포기하지 않은 사람에게

2024년 10월
임원묵

차례

1부 작은 점

친한 사이   13

콜링   14

모르는 사람   16

하루살이가 들어간 귀   18

흔적   20

삼월   21

국경의 오후   22

사랑   24

새와 램프   25

음각 풍경   28

열 번째 겨울, 바닷마을에서   29

고백   30

밤에 사는 푸른 고양이   32

겨울잠   34

비밀에게로   36

성탄절   38

증언   39

2부 비를 맞고 사라지는 불

침대 **43**

개와 늑대와 도플갱어 숲 **44**

탄생 **46**

피 **48**

가벼운 외출 **49**

하나와 둘 **51**

붉은 협곡 **53**

흰모래의 계절 **54**

영화와 영화 **56**

싯다르타와 유디트가 이 해변에서 만나면 좋겠다고

생각했지 **58**

두 개의 기도 **60**

하수구에 핀 숲 **62**

처음 만난 사람 **64**

DIY가구 조립 **66**

땅을 파는 사람들 **68**

오진 **70**

시 **71**

겨울에게 **72**

3부 푸른 차에 기대

먹이 활동 77

약 78

수련회 80

다짐 81

구조조정 82

메리 제인 84

밀과 설탕 86

계기 88

휴가 90

각자의 섬 92

회식날 94

순환 열차 96

치킨 레이스 98

서울 100

학교 앞 거리 102

빈 곳 105

선명한 날 106

연대기 108

작품 해설 – 송현지(문학평론가) 111

추천의 글 – 황인찬(시인) 134

1부 작은 점

친한 사이

여기군요. 아직 열감이 남아 있어요. 누군가 방금 떠나간 자리입니다. 여기에 앉겠습니다. 이 정도 온도라면 괜찮을 것 같아요. 사랑을 빼고 만나야 오래간다고 했던가요? 기억나는 대로 카페인을 뺀 커피를 주문합니다. 밤이니까요. 두근거리지 않겠습니다. 대신 오래 앉아 있을게요. 밑줄을 긋다가도 고개를 젓고 담배를 피우다가도 숨을 참으며. 빈자리가 생기고 다시 채워지고 또다시 떠나는 동안 수도 없이 종을 치는 문틈으로 빛이 들어올까 봐, 미미한 열감에 담요를 덮으면 콧등에 크림 묻는 꿈을 꾸겠지만. 몸을 일으키다 우유를 엎지르진 않겠습니다. 감기에 걸린 거라 해도. 이 정도 온도라면 괜찮을 것 같아요. 사랑을 빼고 써야 시가 된다고 했던가요? 기억나는 대로 썼습니다. 오래됐으니까요.

이 카페가 마음에 듭니다.
벽에 낙서가 참 많고
카페인을 빼도 커피 맛이 좋아요.

콜링

우리가 새와 고양이의 목소리를
그저 울음이라 여기듯
실은 우리가 발음하는 모든 소리도
이 밤을 건너려는 울음일지 모르지
누군가 부르는 소리, 좋아한다는 말
함께 웃는 소리, 새벽 버스 정류장의 고요까지
그저 오늘 태어난 아이의 울음이
한순간 변주된 것에 지나지 않을지 모르지
슬프지 않다고 울지 않는 건 아니니까
우리가 우주로 보낸 전파 신호는
어느 행성의 백과사전에 그저 머나먼
푸른 점의 울음이라 적혀 있을지 모르고
그 행성의 아기는 그렇게
전파를 내뿜으며 울지도 모르지
인간은 우주가 스스로를 이해하는 방식*이고
울음은 우주가 당신을 이해하는 방식이니까
가로등 아래에서 당신과 내가
입을 맞추던 순간에
사랑한다는 발음은 뭉개지고

끝내 모르는 말로 남게 되면서
서로의 울음을 들었던 거지
끝을 향해 몸을 내미는 세계를 살아가면서
처음 태어난 날을 이해하려 했기에
모르는 거지, 우리들은
이름을 부르면 하던 일을 멈추고
돌아보는 법을
울지 않는 서로의 얼굴을

* 칼 세이건.

모르는 사람

사려니 숲길을 걸었습니다 아무리 걸어도 혼자 온 사람들은 계속 혼자였습니다 어쩌다 나란히 걷게 되면 서로 눈을 피했죠 부지런히 멀어졌습니다

길의 폭을 재려고 가로로 걸었습니다 다섯 걸음 정도입니다 친구를 사귄다면 그보다 적은 수가 좋을 것 같아요 하지만 친구의 수를 미리 정하는 건 조금 이상합니다

세 명의 일행이 사진을 찍어 달라고 합니다 곧게 뻗은 길이 예뻐 보이나 봐요 함께 점프를 했을 때 셔터를 눌렀습니다 그런 사진은 많습니다 조금은 의심이 필요하죠

길옆에는 숲이 있습니다 뱀이 나온다는 경고문이 붙어 있어요 걷는 대로 발자국이 찍히니까요 의심이 필요 없죠 하지만 위험하고 갑작스러울 겁니다

멀리서 마주 오는 사람이 있습니다 점처럼 작습니다 점처럼 작아서 지금은 서로 보고 있을 겁니다 작은 점은 집중하기 좋아요 가까워지면 그때는 서로 눈을 피하겠죠

〉 알다가 모르게 된 사람을 생각합니다 먼발치에서도 알아볼 수 있는 사람입니다 우리가 쉽게 헤어질 수 있었던 건 그래서가 아닐까요 확신이 있었던 걸지도 몰라요

이제 구불거리는 길을 걷습니다 모퉁이를 돌기 전에 드는 기분, 당신이 나타나도 이상하지 않을 것 같아요 여기는 숲일까요 길일까요 당신은 어떤가요

하루살이가 들어간 귀

천적이 가득한 물가를 온몸으로 기어
얇은 날개 두 쌍을 얻고 빛을 따라갔지
검은 눈을 하고도 빛나는 사람이 있어
원을 그리며 다가가던 날
마주치는 손바닥을 피해 달아나다가
어둡고 습한 동굴로 들어갔어
젖은 털과 곤충의 다리가 엉키는 곳
날 선 손톱 끝이 등 뒤를 따라붙는 곳
아무것도 보이지 않아, 촉감만으로
촉감만으로 몸을 느끼는 두려움
찾지 마, 짓누르는 공기를 피해
점점 더 안으로 숨어들었지
적막 속 날갯짓으로 파닥거리는 몸과
굉음, 촉감과 청각이 같아지는 깊이
말 한마디에 푸르게 멍들던 순간과
빨갛게 부어오르는 소리, 물가의
천적들이 보고 싶은 얼굴로 따라붙었어
항상 좋아하는 것이 나를 죽이는 법
그러니 주저 없이 빛을 따라나섰던

나의 겹눈을 용서해야지 사랑해야지
가만히 들어야만 했던, 만질 수 없는
깊은 어둠을 여섯 개의 다리로 세어 봤으니
엉킨 실타래를 풀 수 있을 거야 한 점의
이질감을, 굉음이 된 몸을 찾아낼 거야
은색 핀셋을 정교하게 오므리면서
검은 눈의 네가 매일 밤 들었을
쓰러진 나무 그림자와 젖은 낙엽들도
모두 나와 함께 사라지길 빌게
이곳의 깊이는 어떤 빛으로도
어떤 밤으로도 더는 들키지 않길

은색 트레이에 누운 날벌레
아직 뜨거운 귓바퀴의 호흡

흔적

가령, 그건
줄 수 있을지 모를 선물을 양손 가득 들고 만원 버스를
탔는데
좀처럼 오지 않던 너의 전화가 걸려 오면
바보같이 허둥대다가 옆 사람 얼굴을 때리고
또 옆 사람의 팔을, 허리를 때리면서
손발이 부족한 내가
다족류로 변하는 거였지
여덟 번째 다리로 네 전화를 받고
여덟 개의 다리로 네게 기어가는 거였지

애인이 없다는 내게 누군가 다가와
갈비뼈를 끌어안았다

이 다리들은 뭐예요?
미간을 찌푸리며 물었다

삼월

풀밭에 나란히 앉아 당신은 돌로 만든 의자를 그려 놓고 내 이름을 써 주었습니다 나는 그저 비어 있는 자리에 대해 말했을 뿐이었지요 아마 당신은 오래된 돌담을 부수어 놓고 누군가 들어오길 기다린 것이겠지만 눈이 녹지 않길 바라는 빛 같은 거였을까요, 당신의 졸업 전시회를 둘러보고 꽃다발을 건네던 순간에도 그늘이 짓이긴 옛 골목을 더 오래 보고 있었습니다 시간이 흐른다는 걸 알게 된 뒤로 슬프지 않은 것이 없었으니까 사랑 대신 용서를 구하기로 한 셈이지요 나는, 한낮에도 나무 아래 검은 흙을 밟아야 겨우 한 걸음 내디딜 수 있었으니까 봄이 와도 모른 척 두꺼운 외투를 입고 조금이라도 더 슬퍼지려 했습니다 춥지 않으면 불이 날 테니까, 무너진 돌담과 빛을 가린 나무도 여전히 당신처럼 아름다우니까요

다만 가끔 생각나는 것은 그래도 그게 빛나고 있었으니까, 어느 설원에 간간이 내리는 아침을 쬐듯 한여름 풀밭에서 입안 작은 얼음 하나 내내 녹여 흐르듯

국경의 오후

태양 아래 기차가 달리고 있다
나는 기차를 타지 않았고

너는 마른 땅에 떨어진 석탄 하나
정해진 결말을 숨기다 뒤늦게 실렸다

너는 제발, 국경을 넘기 전에 흩날리는 증기
빛의 군락이 휘어 놓은 선로를 달렸고

너를 일컫는 거짓들의 시작은
떠나는 기차를 보며 흔들어야 할
양손이 얼었을 때부터

혹은 화물칸에 숨은 고아의 몸이
검게 변한 겨울의 아침부터

돌이킬 수 있다고 믿은 사람들은 거꾸로 앉아 있고
용서할 수 없는 일을 품은 사람들은 팔걸이를 꽉 쥔

기차가 철을 달리고 아직
늦지 않았다고 외치는 백치들이 통로에 서 있는

실은, 너는 아까부터
블라인드를 올리고 빛에 기댄 미소

마주 오는 기차가 풍경을 가릴 때
차가운 비밀을 적어 보는 너는

툰드라의 흰 밤걸음, 너는 지금
잠든 모습으로 국경을 넘고 있다

너를 남기려는 말들은 죄가 되어
통로의 양쪽 벽마다 섞여 있고
붉은 눈을 감아도 아무런

전조와 예감 없는 태양에게로
검은 몸을 던지려는 한낮의

사랑

　반짝이며 구겨지는 알루미늄 캔. 태어나 한 번도 자신이 강철임을 의심한 적 없다는 표정으로. 쓰레기통에서 발견된다. 고기를 감싸다 찢어진 쿠킹 포일. 영문을 모르겠다는 듯 불 속으로 들어가는, 벗겨진 철의 표피. 역시 쓰레기통에서 발견된다. 함락된 철의 도시, 다마스쿠스. 혐의를 벗지 못한 빛이 금속 틀을 따라 흐를 때 다시 푸른 봄. 태생부터 물결치는 검은 철괴를 만든다. 맨발로 집을 나가 점령당한 마음으로 여전히

　벗나무 아래에서 외마디 철괴를 받고
　너는 그것을 손쉽게 구긴다.

　그것 봐, 환하게 웃는 봄.

새와 램프

　멸종 위기 동물에 관한 글을 읽었다 밤낮없이 사냥당했
다, 는 문장에서

　흔들리기 시작한
　램프 아래에서

　모기를 멸종시키는 방법에 관한 글을 읽었다 과학적으
로 확실하다, 는 문장에서

　개지 않은 침구류와 잠들지 않고 꾸는 꿈을 생각했다
긴긴밤 얼굴로 떨어지는 식칼의 날이 반짝인다고, 어딘가
빛이 있다 믿는 그

　버튼을 누르기 전에 이미 망가져 있어서
　끌 수 없는
　램프 아래에서

　멸종 위기 열매에 관한 글을 읽었다 찾아도 딸 수 없다,
는 문장에서

〉 이국의 작은 바닷마을 폭설이 내리는 광경 속 선명한
얼굴이 있었지 얼지 않는, 서로의 푸른빛 생열매를 원했
던 그

작아져만 갈 뿐 사라지지 않는
깊은
불에 기대서서

멸종과 위기를 끝내 의심하는 일

다리가 휜 책상 위로
두꺼운 책들의 무게를 더하며

새와 공룡에 관한 글을 읽었다 새는 공룡의 후손이 아
니라 대멸종에 맞선 공룡이다, 라는 문장에서

검은 이불자락에 몸을 맡겼다 작은방을 뒤덮는 눈꺼풀
의 온기, 날아오를 수 없지만 타오를 수 있는 그

고대의 새가

달리고 달려 끝내 기나긴 절벽을 마주하고도
돋지 않는 날개를 용서했을 날들

아침이 오면 잿더미가 될
눈 내린 밤길 가로등 아래에서

윤곽만 남은, 아직
남아 있는 그
마음

음악 풍경

검은 비닐을 찢은 고양이가 수상한 유리병을 깨고 달아나는 밤, 회색 건물 사이사이 아직 꺼지지 않은 불들, 가로등 아래 벗어 놓은 바지처럼 허물어진 사람, 아무도 창문을 열지 않는 이 풍경 속 당신과 나는 배꼽을 풀고 있습니다 눈을 감은 채 묶은 적 없는 최초의 매듭을 더듬는 손가락, 찰랑거리는 속마음, 하나씩 꺼져 가는 불, 벌어졌던 회색 건물 사이를 어둠으로 잇는 시간, 당신과 나는 밤이 기우는 풍경 속으로 풀어지고 쏟아집니다 달아난 고양이를 기다리는 별들, 찢긴 비닐에서 흘러나오는 검은 물과 그림자, 어둠 속 작은 허밍에 우리는 스스로를 끌어당기는 작은 점 하나를 잃고 어디론가 흩어지고 옅어집니다 이대로는 영영 사라질 것 같아서 이 밤이 끝나면 텅 빈 서로를 더는 찾지 않을 것 같아서 당신에게 오늘이 정말 끝이라는 말을 꺼내려 할 때 마지막으로 하고 싶은 말을 간신히 떠올렸을 때, 아스팔트 위를 아무렇게나 흐르는 고양이의 눈을 보았습니다

밤이 당신과 나로 가득 찼습니다

열 번째 겨울, 바닷마을에서

밤이 스며든 저녁입니다. 곧 새살이 돋은 피부도 검게 변하겠죠. 나는 혼자 부둣가에 서 있습니다. 에밀리, 언젠가 내 표정을 걱정하던 당신에게 하고 싶은 말이 생겼습니다. 혹시 표정이 어둡다는 게 무슨 뜻인지 알고 있나요? 스위치를 눌러 불을 껐을 때 방 안에 내려앉는 묵직한 납덩어리를 깨물거나 팔레트를 펼쳐 모든 색의 물감을 섞었을 때, 꽉 찬 모습으로 검게 변한 것들의 감촉. 혹은 아무것도 없다고 생각한 밤에 팔을 휘저었을 때 무수히 달라붙는 맹수들의 어금니 자국. 어려울까요? 그렇다면 가로등이 꺼진 밤길을 걷다가 돌부리에 걸려 넘어진 적, 있겠죠? 그 갑작스러운 질감을 우린 어둠이라 부르기로 했습니다. 그런 걸 얼굴에 드리우고, 시멘트로 메워 둔 바닷길에 서 있는 일. 그게 내 표정의 뜻입니다. 그러니 에밀리, 더는 걱정하지 말아요. 여긴 길의 끝이나 세계의 종말처럼 공허하지 않습니다. 불빛이 없어도 모종의 사건은 계속 벌어지고, 나는 더 걸을 수 있어요. 다만 에밀리, 한번 만나자는 말은 하지 않겠습니다. 지금처럼, 가끔 글을 부칠게요.

고백

모래에 쓴 글씨가 파도에 쓸려 갔다

저걸 건져 올려 너에게 주려면

마음은 몇 번이고 미지의 것으로

미지의 것으로 남아, 커튼을 걷어 내는

빛의 발소리에도 고개 돌리지 말아야지

미래를 내다볼 때 나는 달콤한 향이

도무지 좋지 않은 내 마음은

몇 번이고 미지의 것으로 남아

몇 번이고 너의 손에 올릴

물먹은 조약돌을 주워 올게

불 꺼진 무대 커튼 뒤 마음은

여전히 설명되지 않는 것으로 남아

너는 단 한 번이라는 말을 하려고

몇 번이고 다시 치는 파도를 봐도

몇 번이고 네가 마지막이라고 믿는

밤에 사는 푸른 고양이

낮부터 지켜보던 바다가
밤을 만나 익사했다

새카만 줄 알았던 밤에
천천히 스며든 푸른색

검은 고양이 한 마리가
도로 위에서 죽어 가는
새끼 고양이 몸을 핥고

잠시 차를 멈춘 너는
다시 젖어든다 그 푸른색에

끝도 없이 떨어지는 순간
공중을 감싸는 말랑한 혀,
푸른 익사의 감촉

밤은 항상 그렇게
밤이 아닌 것들이 섞여서

온다

감은 눈 속에서 켜지는
푸르스름한 횃불을 들고

비춰 보면 또 공터와 돌,
찬바람에 옷깃을 여미다
회색으로 흘러내리는데

겨울잠

한파 예보를 들었습니다 수돗물을 약하게 틀어 두기로 합니다 이렇게 추운 날에는 낮에도 당신이 떠오릅니다 어젯밤 기꺼이 잠드는 방식으로 보냈던 당신입니다 형광등을 끄는 것으로 불 꺼진 방인 척 속였던 어제입니다 낮에는 아무것도 속일 수 없어서 나는 이불로 온몸을 여미고 움직이지 않았습니다 미세하게 흐르는 수돗물 소리가 들렸고 오래된 가구의 나사못이 하나씩 풀리는 것 같았습니다 살아 본 적 없는 팔십 년대 서울 분위기와 말투를 느낄 수 있는 옛날 영화가 좋다던 당신 같이 난로를 쬐다가 문득 붉은 벽돌집이 보고 싶다던 당신 아무것도 믿지 않았지만 눈 내리는 풍경은 선명했던 그날 데운 술을 나눠 마시며 나를 당신의 검은 새라 불렀던 당신 무엇도 보이지 않을 만큼 검어진 새를 나는 사랑이라 부르다가 아무래도 이해가 되지 않아 외로웠습니다 망가진 가구들이 방 안으로 쏟아졌고 책상과 의자가 조각났고 나는 버려진 목재에 기대 바다를 건너는 기분으로 창밖을 보았습니다 해가 떠 있었고 당신은 여전히 떠올랐고 침엽수의 잎마다 눈이 쌓여 있는

하얀 밤이었습니다

비밀에게로

1

흑연을 가득 실은 트럭이
파란 물길을 헤치고 달려온다

2

맥주를 마시고 담배를 피웠다
강의실에 맥주를 쏟았다
열심히 닦았다
담배 냄새가 났다

3

무슨 말인지 알 수 없는
검은 책을 읽었다
아무 일 없다고 믿어야 읽을 수 있었다
담배를 끼운 손가락이 목젖을 눌렀다
그래도 아무 일 없다고 믿었다

4

당신과 만났지

한철이었다
체 게바라가 마지막으로 한 말을
우리에게 대입해 보았다

5
눈이 녹아 생긴 물을
더는 슬퍼하지 않기로 했다

6
버려진 목탄을 주워 쓴 두엇 글자
부러진 새를 쥐고 초인종을 누른다

성탄절

벽난로에 불이 켜지고
겨울 한가운데서 흘러나오는
빵 굽는 소리

이번 겨울도
결말에 이르지 못할 것이다

증언

시간의 모습이란 아마도
지구를 닮은 구형일 것이다

한밤에 손목시계의 태엽을 감다 보면
방 안에 가만히 앉아 있어도
먼 곳에서 돌아오는 배의 돛이 떠오른다

시간을 알고 싶을 때마다
시계의 숫자를 보는 습관도

초침과 분침을 본떠
시간은 가위를 닮았고
모든 걸 잘라 낸다고 쓴 시도

평평한 지구를 살았던 역사처럼
어딘가 닿지 못한 흔적일 뿐이다

내가 너를 계속 사랑하니까
너를 사랑하는 나를 만났다

영원히 너인 너를 사랑하느라
주어진 시간을 모두 썼다

시간을 일주한 이들은 죽는다

이미 죽은 기분으로
앞을 향해 걸었다
계속 어제를 만난다

시간의 중심에서 빛을 뿌리며
네가 나를 끌어당기고 있었다

거꾸로 매달린 자세지만
나는 위험하지 않다

2부 비를 맞고
사라지는 불

침대

눈을 감는 순간
두터운 물을 덮은 내가
가만히 돌아누운 등을 지켜보고 있지

가슴이 숨을 들이켜는 동안
부러진 뼈들의 무덤 앞에 있던 나를

가장 먼 곳의 비밀을 보려고
목을 꺾고 숨을 참은 내가

매일 밤 내려다보고 있지
깊은 바닷속 동굴에서
젖은 성냥갑을 꺼내 들고

개와 늑대와 도플갱어 숲

새를 잡은 사냥꾼은 말했다
너도 어서 방아쇠를 당기라고

익힌 살점은 늘 죽어 있어서
아무리 먹어도 배가 고프고

탄약을 가득 실은 기차가
이빨 빠진 간이역에 멈춘다

자꾸 숨을 참았지
생각을 버리고 싶어서

시를 쓰는 내가
그게 사격술인 줄도 모르고

내가 방아쇠를 당기면 사냥꾼은 말할 것이다

이 새의 날개는 비밀로 하자
우리는 모두 이 새의 날개에

총을 쏜 적이 있으니까

나는 모닥불과 텐트를 숨기려고
어두운 숲길만 뱅뱅 돌다가

갑자기 마주 오는 너를 만나서
놀라웠지, 시를 쓰는 내가
어둠 속에 아무도 없을 거라 생각했다니

기타를 연주하는 네가
손에 쥔 총으로 야영지를 가리키고

화약 냄새가 난다

나는 숨을 참고
자꾸 생각이 끊기고

탄생

너는 눈 내리는 밤공기에 손을 내밀다가
뒤를 돌아보고

나는 잠에서 깬다.

햇빛보다 진실하게
내가 쓰레기임을 증명할 수 있는 몇 가지 아이디어가
있는데, 그 생각들은 뼈처럼 희게 빛나서 떠오르는 순간
잠에서 깰 수 있다. 밤을 머리끝까지 덮고 있어도 환한 빛
으로 내부를 고조시키고 구석구석 먼지를 일으킨다.

빈 예배당을 비추는 정오처럼
그 생각들은 내가 아직 있음을 증명할 수 있는 몇 가지
아이디어와 닮은 것 같기도 한데, 내가 아직 있음을 증명
하는 일에는 진심이었던 적이 별로 없어서 단순히 비교하
긴 어렵다.

잠에서 깬 다음 중얼거리는, 꿈은
어쩌다 두 가지 뜻을 가지게 되었을까? 죽은 듯 잠들어

야 원하는 걸 얻을 수 있다면 조금은 말이 되는 것도 같다. 나는 내가 싫으니까. 그러면 우리가 원하는 건 모두 나와 같았나? 거기까지 비약했을 때, 비로소 오늘 꼭 잠들어야 하는 건 아니라는 사실을 깨닫는다. 사람이 많아. 줄이 길어. 순서가 있는 거야.

기억 안 나?
문을 열고 들어갈 때마다
밖이었잖아.

방 안에서
눈 내리는 풍경에 손을 내밀어 보았다.

피

구토처럼 거슬러 올라가. 수술대와 메스가 찬란하게 빛
날 때까지. 거기서부터 네가 있었다고 쏟아 내 보자. 발자
국이 끊겨 있는 풍경에 아무런 의문 없이. 너는 공감할 수
있니? 나를 죽여야 한다면. 네가 더 맹목적이어야 한다는
전제에. 장갑을 끼고 만진 심장도 많이 떨렸겠지. 하지만
울고 있는 네가 이유 없이 나였고. 이유를 대는 자는 죽여
야 한다면. 약을 먹고 나을 수 있겠니?

마음은 틀린 말이고
우리가 만나지 말았어야 했다면.

수술실 불빛이 그리웠던
적은 없어.

내가 기억하는 건
파란 눈을 오래 감고 있다가
검은 눈으로 깨어나는 순서였는데

가벼운 외출

개미집이 밟혔나

그가 짚신을 신지 않은 건 사실 문제가 아니다

무덤에 술 따르듯 냄새나는 고기에 후추를 뿌리며
첨탑 위 십자가를 향해 돌을 던진 날, 천사 대신 후추
가 쏟아졌다면 예수를 믿었을 거라고 말했다
너는 웃었고
하얀 식탁 아래에서
돌에 맞은 비둘기 소리가 났다

그러나 불행은 나눌 수 없는 것, 호흡기를 가린 채 두
손을 모아야 한다
내가 있는 한
무슨 일이든 벌어질 것이다

실은, 그가 개미집을 밟았을 때 죽은 개미는 없었다
첨탑이 무너졌을 때도 사람들은 무사히 흩어졌다

죄는 한곳으로 모인다

돌아오는 길
발걸음이 상냥하다
발등으로 젖은 깃털이 쏟아졌다

하나와 둘

그러니까 자꾸 맞지 않았다

미처 빌지 못한 잘못들을 비추는
서울 밤거리의 불빛을 걸을수록
그는 자신에게 찾아온 손님이 되어 갔다

자신의 목을 떼어 버린 아이에게 받은 사랑을
그 사랑만을 기억하는 레고들의 보이지 않는 소란을
이미 본 자로서

잘 대접해야지, 이국의 호텔과 레스토랑을 예약할 때
지금까지 만난 사람의 수를 셀 때
그는 자신을 빼지 않았다

가로수의 검은 잎이 건드리는 나의 윤곽을
사진에 찍힌 그의 얼굴이라 믿은 적도 있지만

한마음 한뜻으로, 광화문 전광판의 표어가 보일 때
그는 식탁의 수저와 세면대의 칫솔을 생각하며 고백했다

미안하지만 수를 잘못 센 적은 없다고

자신의 목을 찾던 레고들이 몸을 떨며 그의 고백을 듣
는다

부서진 블록들을 맞춰 하나가 되는 일이
끝내 진실일 수 없는 둘의 세계

어제 신발을 놓고 간 밤손님이 찾아왔다

이젤에 올려 둔 나의 사진을 그는
얼른 소매 안에 숨긴다

붉은 협곡

긴긴 얼음 절벽이 오래 펼쳐져 있다 서리 낀 창문인 줄 알았는데 하얀 거울이다 미끈한 종단면이 수직으로 떨어져 몸을 가른다 반사된 빛으로 절벽은 절벽을 낳고 어미를 모른 채 태어난 서자는 슬피 운다 머나먼 인류가 호수에 비친 자신을 본 날부터 제 몸을 떠나 아래로, 아래로 깨지는 무모한 빗방울, 기나긴 얼음벽을 긁는 손톱, 서로를 묘사하지 않는 두 개의 벽 사이, 검은 바다가 굽이친다 오래전 유리 면류관을 쓴 왕이 빠져 죽었다는 매혹적인 소문, 대신 슬퍼해 줄 어미를 찾지 못해 깊은 유혹의 밤으로 허물어지는 절벽이라면 슬픔이 온전히 스스로의 몫인 걸 이제는 안다 아무도 믿어 본 적 없어서 혼자 몸을 핥는 짐승처럼 함몰되고 침몰되며 움푹 뛰어들어도 여전히 매끄러운 거울 앞, 젖은 낙엽 달라붙은 가위로 탯줄 자르던 날을 떠올린다 창가에 핀 뿌리 없는 유리 꽃 위로 붉은 첫눈이 맺히고 있었다.

흰모래의 계절

여름밤을 예언하는 입술들은 아문 적 없는 칼자국 같고

어떤 중요한 장면들은 떠올리는 것만으로도 붉게 사라
져 갔다

장맛비가 쏟아진 날 양말을 벗고 고여 있는 빗물을 건
너자 발목에서 흰빛이 났지만 바다로 가서 모래를 한 움
큼 쥐었다 놓으니 모두 사라졌고

해변 공연장에서 스위시 심벌을 울리는 드러머를 만난
일도 지난여름이니까 남아 있는 나는 여전히 삼인칭이었다

그에게 외투를 입히는 동안 겨울이 되었고
가을에 실현된 예언은 없었다

떨리는 예감으로 그의 붉은 눈을 향해 작은 돌을 던졌
지만 그 세계는 다만 볼 수 있을 뿐이었고

흰모래 위로 떨어진 돌은 아무 소리도 내지 않았으니까

남겨진 나는 이제 어떻게 봐도 실감 나지 않았다

드러머의 팔에 묻은 눈을 털고 있는데
파도는 한창 여름이었고

봄에 실현된 예언은
떨리는 심벌은

여기는

영화와 영화

링을 통과하지 못한 돌고래가
유영하는 장면을 보다가

깜깜한 상영관에 빛이 들어오고 엔딩 크레딧이 올라오면
비로소 알게 되는 거지 분명 영화가 시작되기 전에는
비어 있던 자리에 누군가 들어와 앉아 있었고 옆 사람은
울고 있었다는 걸

조감(鳥瞰)으로 점철된 눈이 놀라 빈 바다를 흙으로 채
운다

다 끝났다고 생각했는데
흙에서 솟구친 돌고래가
링을 부수는 거지

암석에 감겨 있던 해초들이 들풀로 번지고
갈색 바다에 맨다리 한 쌍이 들어선다

감긴 눈을 반쯤 뜨자

저음으로 울던 사람이
영사기에서 뻗어 나온 빛을 걸었고

이 필름은 내가 매일 돌려 보던
그 필름이 아니라서

비로소 알게 되는 거지 분명 무덤에 묻은 씨가 싹을 틔
워 바닷물을 삼켰고 모든 종의 구분과 구별에 실패한 눈
이 하염없이 울고 있었다는 걸

싯다르타와 유디트가 이 해변에서 만나면 좋겠다고 생각했지

하얀 소라의 몸이 누적되고 있다

바닐라 아이스크림을
컵에 담을 때처럼

같은 것을 더해서
실은 하나라서
가득 쌓이다가

머리가 생기면 끊어지겠지
생각은 여러 개라서

이 이야기는 오래전에 기록되었다

바벨탑에 대한 신의 벌은
너와 나의 말을 여러 개로 나눈 것

머리가 여러 개면 괴물이라 부르고
악령이 깃들면 배운 적 없는 말을 한다지

알몸인 너와 내가 그 알 수 없는
창백한 동굴로 들어간 것처럼

하얀 죄의 몸이 누적되고 있다

너와 나 사이, 죄는
유일하게 같아서

파도 소리가 들리겠지
차곡차곡거리는

이 이야기는 지금까지 기록되지 않았다

하얀 소라 껍데기에서
부드러운 모래알이 쏟아진 일

그 빛무리에서 발견된 연인들의
기도하는 자세에 대해

두 개의 기도

로켓을 쏘던 날이었지
성당에 가는 대신 거북이가 사는 수족관을 봤어
올라오는 곳은 대륙, 헤엄치는 곳은 바다
작은 수족관에 꾸며진 사물들을 오가는 순간은 영원
히 비밀스러워
신화와 종교의 증인이 태어났는지도 모르지
기도할 때 두 손을 모으는 것은
내 손으로 할 수 있는 게 아무것도 없다는 뜻
두 손으로 거북이의 수족관에 대륙과 바다를 꾸며 주
면서
누가 누구의 종교인지, 어떤 것이 누군가의 신화가 되
는지
제사를 지내는 아버지의 등을 따라 두 번 절하고
허리 굽히던 나를 떠올렸지
로켓을 쏘던 순간에도 마찬가지였겠지
공학도는 두 손을 공손히 모으고
기도라는 걸 하고 있었겠지
그렇다면, 다시 헤아려 봤어
수면 위로 몇 알의 기포를 터뜨리고는

바닥으로 가라앉은 거북이가 품었을 말을
할 수 있는 게 아무것도 없다는 건 어쩌면
이미 최선을 다했다는 뜻
쏘아 올린 로켓은 이미 신화였는지 모르지
너무나 먼 곳에서 더 먼 곳으로 향한 로켓은
심해로 떨어진 거북이는
지금 같은 곳에 있는지도 모르지
아무리 손을 휘저어도 잡히는 게 없는
깊은 물속에 빠진 채
모두가 손잡고 올린
최후의 기도였는지 모르지

하수구에 핀 숲

오가는 신발과 주머니, 찬바람에
혹시 모를 우연에 입맛을 다시며
기슭에서 떠내려온 모래와 흙을
자욱한 검은 물에 개어 벌컥이는
말해 볼까, 입가에 묻은 불행들은
얼룩진 소매로 대충 닦아 내고서
아름드리나무 숲 드리우는 짙은
그림자 아래 작은 숲, 손 내밀면
잘라 낼 듯 삐걱대는 창살을 따라
건조된 잿빛을 떠먹는 하루 하루
차가워, 파란 트럭이 흘리고 떠난
흰 돌 옆에서 그 사연을 설명하는
푯말이 되어 자라는 줄기와 줄기
끝을 말아 쥐고 숨겨 버리는 나를
전할 수 없겠지 저 먼빛의 자리
나무 숲 따라 입은 초록색 겉옷
즙을 빨며 줄기를 타 오른 벌레가
마지막 잎사귀에서 날개를 펼쳐
철창 밖 작은 돌을 향해 날아가는

양초를 켜고 지나가는 그림자로
섞여 드는 등을 두드리는 희박한
돌섬의 검은 숲, 느리게 되감기는
입가의 굳은 밀랍 흰소리들 멎는
꺾이고 흰 촛불을 맴도는 왼손을

다만 눈으로 휘감은 버려진 물길
들리는 말 없이 간절한 잎새뿐

처음 만난 사람

두 가지 주장은 표면적으로는 드러나지 않은 가정,
즉 우주가 영원히 존재해 왔든지 그렇지 않든지 간에,
시간이 과거 방향으로 무한히 계속된다는
가정을 토대로 삼고 있다.[*]

비 오는 키치조지 공원을 걸을까 해. 너는 근처 가게에
서 홍차를 마시다 나를 보겠지. 네가 나를 부르면 사이렌
이 울리고 손에 쥔 우산을 떨어뜨릴 거야. 뒤집어진 우산
으로 빗물이 모이고 구급차에서 들것이 내려오겠지. 다친
사람은 없을 거야. 들것에는 부러진 우산살이 실려 가겠지.

소란이 잦아들면 홍차를 엎지를까 해. 서로를 바라보던
눈보다 파란 가방에 생긴 얼룩이 더 오래 남겠지. 건반처
럼 눌러 보며 너의 목소리를 들을 수 있을 거야. 풀려 있
는 바람에 손가락이 스쳐도 한동안 노래가 되겠지. 오래
도록 들으면 다시 사이렌이 울릴 거야. 이번엔 경찰차가
오겠지.

이제 비의 맥락을 알았으면 해. 죄를 지은 사람은 있을

거야. 불이 되어 번졌겠지. 미리 준비한 두 번째 우산을 네게 줄게. 걱정하지 마. 너는 두 번째가 아니야. 내가 미래에서 왔을 뿐이지. 하지만 수갑 찬 사람은 버리기. 비를 맞고 사라지는 불은 마법이잖아. 수갑을 풀고 먼 곳으로 달아날 거야.

　지금쯤 불타는 비행기를 탔으면 해.
　너는 보통날처럼 날씨를 보고
　집 안에 남아 있겠지.

* 스티븐 호킹, 김동광 옮김, 『시간의 역사』(까치, 1998).

DIY 가구 조립

이음새가 다른 책장을 나란히 놓고 밤잠을 설친다 벌어진 틈새는 몸이 얼마나 작고 얇은지 시험하는 통로, 끝까지 걸어 자신을 증명하는 일은 약속된 의식이었으므로 이것을 조난이라 부를 수 없지만, 양쪽의 절벽은 오래도록 높아 햇빛을 가리고 흰빛을 내던 소실점은 얼어붙는다 원근감은 은닉되고 먼 곳의 사람들이 복도를 내려다본다 예를 갖추고 노크 소리를 낸다 켜켜이 빗물이 고인다 이 거울은 밖으로 통하니까 책장이 쏟아진다 나르키소스는 샘물에 빠져 죽었고 칼을 뽑은 아메이니아스는 자살했다

도도히 틈새를 비집는다 굴이 깊어질수록 사람들은 실종된다 생김새를 물어볼 이가 없다 책은 정교한 비극이고 책장은 터무니없는 간극입니다 의식은 언제 끝나지? 복도가 복도를 따라 흐르고 흘러 증명은 실패입니다 이대로 연해진다면, 훼손된 몸의 끝을 가늠해 본다 간격 없이 재생되는 최초의 세계, 희미한 마찰음을 내는 건 미끄럽고 비릿한 뱀의 비늘 하나, 백색소음이 되어 버린 나락을 외친다 죄를 숨긴 몸과 증거인 머리와 뭉개진 입술로 메이데이, 메이데이, 메이데이, 스스로 할 수 있는 건? 실리콘 총

을 뽑아

땅을 파는 사람들

작은 방에 오래 있었더니 문고리가 희미해졌습니다 사람들은 거기 오래 있는 건 이상한 일이라고 했습니다 그곳에 오래 머물면 문이 사라진다고, 출구가 없으면 바닥까지 떨어진 거라고 말했습니다 하지만 저는 허리를 돌돌 말아 땅을 파고 있었습니다 흰색 벽지를 바른 방의 주인은 제가 아니었고 경계를 알 수 없는 흙바닥이 저의 방이었습니다 흙을 파낼 때마다 흰색 페인트를 칠한 듯 인식표 없는 뼈가 쏟아지고 총을 든 사내가 도마뱀의 살갗을 입안에 욱여넣는 곳 이쯤이면 끝일까 기대할 때면 담배를 문 사내가 낡은 지프차에 시동을 거는 곳 석유 냄새가 났고 지프차의 바퀴 자국이 황무지를 끝없이 넓혔습니다 그렇게 어디론가 어디론가 계속 깊어만 갈 때 바닥이란 새카만 발을 델 유일한 곳 다 타 버린 낟알이라도 뿌려야 하는, 뿌려야만 하는 저의 땅이라서, 그런데도 타오르는 해는 있어서 늘 먼 곳을 바라보다 눈을 찡그렸습니다

넓은 땅에 오래 있었더니 사람들이 희미해졌습니다
저는 공중의 계단을 향해 떠나는 사람들이 이상하다고 했습니다

저 먼 지평선에는 결코 도착할 수 없다고
문은 열리지 않을 거라고 말했습니다
하지만 사람들은 계속 걷고 있었습니다
흰색 벽지를 바른 방의 주인들이었습니다

인식표 없는 뼈가 누구의 것인지
백골(白骨)이 무엇인지

비탈길 위에 새카만 발들이 넘실거립니다

오진

흰색 문을 열었다. 의자는 한 개만 비어 있다. 수조에는 물이 차 있다. 상담은 앉아서 받을 수도 있고 서서 받을 수도 있다. 관상용 열대어는 앉지도 서지도 않았다. 수조를 감상하며 고요를 모았다. 작고 규칙적인 태엽 소리를 들었다. 열대어가 흰 벽의 무늬로 변했다.

충돌이 많아요.

의사의 말은 건조 향이 났다. 흰 가운으로 빛이 떨어졌다. 오늘의 처방은 앉지도 서지도 않기. 집으로 돌아와 침대에 누웠다. 이불의 솜을 물처럼 만졌다. 물을 빨아들여 방이 가라앉았다. 불규칙적인 엔진 소리가 들렸다. 난파된 배였다. 날숨이 물의 흉터로 변했다.

커튼을 쳤다.

나는 방 안에 정물화를 하나 더 걸기로 한다.

시

몹시 추운 것들을 생각했다

파란 불씨에게
털옷을 입혔다

겨울에게

우리, 시간이 많이 흘렀는데. 잘 지내시는지요. 저는 조금 당황하는 중입니다. 눈을 뜨니 햇빛이 들어와서 정신없이 옷을 입고 나왔는데, 문을 연 카페가 하나도 없습니다. 시계를 보고 나왔어야지, 탓해 보지만 그러기엔 무서웠습니다. 어젯밤에 본 시계는 거의 죽어 가고 있었으니까요. 그래서 이 글은 거리에서 쓰이고 있습니다. 우선 미안합니다. 여전히 당신을 생각하며 스스로를 속이고 있습니다. 부끄럽습니다. 나라는 벽과 당신이라는 벽이 있고 그 사이 감추고 싶은 내가 있습니다. 당신이라는 벽이 높을까요, 나라는 벽이 높을까요. 기어오르고 싶다면 어느 쪽을 택해야 합니까. 종종 난감합니다. 나는 글을 쓸 수밖에 없었던 것인지, 글을 쓰고 싶었던 것인지. 당신이라면 알려 줄 수 있을까요. 너에 대해서는 잘 모르지만, 어느 쪽이 더 멋진지 정도는 정해 줄 수 있다면서 당신은. 아무렇지도 않게 한쪽 벽을 가리키고. 나는 그곳을 향해 그저 달리는 겁니다. 거기까지 가기 위해 몇 번을 넘어져야 하는지 세어 보지 않고. 돌이켜 보면 그랬습니다. 정말 먼 거리를 가깝다고 속이며 달렸습니다. 그 기적 같은 용기에게 붙일 이름을 아직 잘 모릅니다. 다만, 우리 조의 발표로 서양화

수업이 끝난 겨울날, 이제 연락할 이유가 없으니 이유 없이 연락하고 싶다던 내게 당신이 건넨 대답. 그게 곧 용기의 이름이 된다면 좋을 거라는 생각이 있습니다. 함께 카페에 앉아 서로 다른 책을 읽던 우리에게도 그 대답은 썩 어울렸으니까요. 한데, 이상하게도 요즘의 저는 그 아름다운 불행을 자주 의심하곤 합니다. 불행한 이름들을 되새기는 밤이 점점 믿기지 않습니다. 모두가 그런 건 멀리하라고 말하기 때문일까요. 아무래도 저는 당신과 헤어진 뒤부터 수많은 사람들의 말에 신경을 쓰게 된 것 같습니다. 아니면 그때나 지금이나 저는 누군가의 말을 거스를 용기가 없는 사람인 걸지도 모르지요. 다만 그때는 당신이 있었습니다. 유일하게 있었습니다. 밤을 가로지르자는 말로 모든 이해와 투쟁과 용서를 대신하는 당신이. 이제 카페들이 하나둘 문을 열 시간이 된 것 같습니다. 앞치마를 두르고 셔터를 올리는 사람이 보입니다. 오늘은 춥더라도 창가에 앉을 겁니다. 그리고 커피를 마시면서 이 글을 고쳐볼까 합니다. 수신자를 알 수 없는 제목을 짓고 당신의 이야기일 수 없는 말들을 골라 가면서. 나는 그렇게 하루를 보내겠습니다. 당신의 하루가 궁금하지만, 물을 수 없다는 걸 압니다. 그 정도는 글을 고치기 전에도 이미 알고 있지요. 그래도 우리, 시간이 더 흐르면 혹시 만날지 모릅니다. 헤어질 때의 약속처럼 우연히 만난다면 내가 먼저 반갑게 인사하겠습니다. 그날을 위한 웃음을 연습하다 영영 보지 못한다 해도. 기억합니까. 언제라도 불행해질 수 있다는 말. 그게 우리의 고백이었습니다. 그러니 오늘은 이만 줄입니다. 다시 찾아올 긴 시간, 안녕히.

3부 푸른 차에
기대

먹이 활동

  개의 사체를 땅에 묻으면 백만 원의 과태료 처분을 받
을 수 있다
  폐기물관리법에 따라 종량제 봉투에 버려야 한다

  흰 개 한 마리가
  골목에 쌓인 쓰레기봉투를 물어뜯고 있다
  앞발로 쳐 보기도 하는데

  낑낑거리는 소리
  배가 고픈 게 아닐지도 모른다

약

매일 야근을 하던 동료가
자살했다는 소식이 들렸다
회사는 직원들에게
우울증 검사지를 돌렸다

퇴근 후 맥주를 따르다가
테이블에 흠뻑 쏟았다
엎질러진 맥주를 타고
미끄러져 가는 유리잔을
가만히 바라보았다
몸을 뒤로 빼지 않았다

우울증 검사 결과 나는
문제없는 사람이었지만
발등의 붕대에 대해 나는
능숙한 거짓으로 답했다

나만 볼 수 있는 다이어리에는
하루 한 번 거울 닦기, 라고 적었고

거울을 닦지 못한 날은
물과 함께 알약을 삼켰다

노동조합은 집회를 연다고 했고
사람들은 전염병이 돈다고 했다

점심을 사 먹으며
날씨에 대해 이야기했다
장마가 오고 있었다

수련회

불이 타오른다 팔 없는 사람의 팔을 넣고 다리 없는 사람의 다리를 넣고 돈 없는 사람의 월급을 넣고 우는 사람의 웃음을 넣어 불을 피운다 세상에는 다 패 놓은 장작이 참 많아 편하기도 하지, 캠핑장 한가운데 모인 사람들이 불을 쬐며 언 발을 녹이고 각자의 고기를 구워 먹는다 기쁘기도 해라, 이 땔감들을 봐 전부 나보다 못생겼잖아

불쏘시개를 젓는 이가 말한다
감사한 마음을
가져요

아이들은 울기 시작했고
나는 불을 피해 텐트로 달아났다

불행이 끌리는 이유를 알게 되었다

다짐

검문 없는 이국을 꿈꾼 게 문제였습니다
눈 위에 찍힌 발자국은 무작정 따라가고 싶어서
홍대에 오자마자 프리허그를 했는데
지갑이 없어졌습니다
이제 막 스무 살이었습니다
커다란 앰프와 콜트 기타를 멘 남자 그리고
구세군 냄비를 번갈아 보다가
외투를 대충 여미고
담배를 피웠습니다

주머니를 칼로 그은 외투
아직 가지고 있습니다
한 벌이 아닙니다

고맙습니다, 당신
의심받을 때마다
꺼내 봅니다

구조조정

여럿 잘린다고 하지만
나와 상관없는 일이니까
보이지 않는 곳에 서서
목례만 하기로 했다

괜찮다고 말하면
정말 괜찮아지곤 했는데
배가 부르다고 중얼거려도
허기는 채울 수 없었으니까

속일 수 있는 건
내 마음이 전부였다

견딜 수 없는 일들은
마음에 담아 두었다가
사흘쯤 앓고 나면
열이 내렸다

선명한 진실을 담았다가

흰 꿈을 함부로 앓으면
자국이 남기도 했는데
보이지 않는 곳이니까

오전 출근을 준비하며
거울 속 옷깃을 정돈했다
집은 고요했고 나는
괜찮은 것 같았다

메리 제인

1

메리와 제인은 과학자다. 둘은 세포 노화를 함께 연구했다. 메리는 젊은 쥐의 피를 뽑아 제인에게 전달했고 제인은 메리에게 받은 피를 늙은 쥐에게 주입했다. 둘은 삼년 동안 경과를 지켜봤고 젊은 쥐의 피를 수혈받은 늙은쥐는 신체 나이가 어려진다는 사실을 밝혀냈다.

2

소문에 의하면 1492년 로마 교황 인노첸시오 8세는 의사로부터 건강을 위해 소년의 피를 마시라는 처방을 받은적이 있다.

3

메리가 당직을 서던 날, 제인은 집에서 저녁을 먹으며 뉴스를 봤다. 뉴스는 중년의 소아성애자에게 팔려 간 소녀의 이야기를 다루고 있었다. 소녀의 부모는 커다란 집을샀다.

4

메리와 제인은 젊은 쥐와 늙은 쥐의 옆구리를 잘라 서
로 붙여 놓고 상처가 잘 아물도록 치료했다. 그 결과 상처
가 아물면서 서로의 혈관이 연결되었고 젊은 쥐의 피가
늙은 쥐에게 주입되었다.

5

제인은 메리보다 열일곱 살 많다.

그리고 메리와 제인은 하나다.

소문에 의하면 메리가 그걸 원했다.

밀과 설탕

곰보투성이 오렌지에
바늘구멍 수천 개를 더 뚫고 싶은
극단적인 오렌지 학대의 밤

머리가 제법 좋구나?

포근한 침대에 누워
못난 얼굴을 숨기려고
더 못난 척을 하는 거니?

혀를 내민 강아지의 말투를
흉내 내고 있지만
주인에게 앞발을 구르며
바닥에 떨어진 사료를 먹진 않겠다고

누가 그러든?

우리는 사소한 반찬 투정을 했고
회사는 급식 업체를 바꿨지

신규 업체는
기존 업체 직원들의 고용을
승계하지 않았다

이 얕은 밤
창문에 손을 대면
끈적한 과즙이 묻어 나오는구나

세계
빨아먹으렴

계기

　할머니께서 또 사라지셨다는 전화를 받은 날, 사업 기획서를 쓰며 생각했다. 지난번에 벌어진 그런 일이 또 생길지 모른다. 먼지 쌓인 모니터 옆에서 갈색으로 변해 가는 식물을 또 외면해야 할지 모른다. 그 식물이 누구의 선물이었는지까지 잊어야 할 수도 있다. 식물의 이름은 벌써 기억나지 않는다. 매주 출근을 하면 그런 일들을 이룬 것으로 칭찬받을지 모른다. 하지만 그의 마음이 바뀌면 고작 그런 일도 성과냐며 비난받게 될 수도 있다. 이런 상황이 오지 않게 예방할 방법은 없을까? 당신의 말을 매번 녹음해서 일일이 확인하면 어떨까? 글쎄, 그래 봤자 당신은 내 목에 걸린 사원증을 잡아당겨 개처럼 끌고 다닐 뿐이겠지. 나는 무력하며 모든 일은 무력한 자가 해내는 것이 오랜 역사였으므로, 나는 단지 내일 예정된 월간 보고를 걱정하기 시작했다. 사업 기획서에는 무결한 논리와 확실한 계획이 필요했지만 내일도 우리가 살아 있을 거라는 믿음부터 논리적이지 않았으므로, 점심시간마다 확인한 그의 입맛 또한 매우 주관적이었으므로, 무엇을 적든 재떨이가 날아올 것 같았다. 하지만 그 재떨이는 서로 총을 겨눈 이국의 전쟁터와 대비시킬 우리의 일상이었으므로, 그

걸 두려워하고 있는 내가, 가스 밸브를 잘 잠갔는지, 문은 잘 닫고 나온 게 맞는지 계속 걱정하는 내가, 타오르는 불을 상상하며 눈을 감았다가 검은 구멍에 발이 빠져 버리는 내가, 아무래도 이상했으므로, 창밖 사 차선 도로에서 들려오는 소음이 몸을 두드리는 순간, 음 소거 된 빌딩의 유리 벽이 무너져 내릴 것만 같은, 옆자리의 동료가 오늘도 성당에서 기도문을 외웠다며 문자를 보내오는 일요일 오후

아무도 모르게 나만 데리고
병원에 가 보기로 했다.

휴가

해변이라는 말이 좋아서
혼자 손을 잡고 걸었다

모래에는 발이 푹푹 빠졌다
거북해진 신발을 함부로 털었다
여기저기 연인들은 많고
찾아보면 그런 말은 많으니까

대수롭지 않게
방금 잡은 손을 놓고

캘리포니아 포트 브래그의 유리알 해변은
그래도 가 봐야지, 중얼거렸는데
빛나는 몽돌을 밟는 거라고 생각하니까
이미 여러 번 다녀온 것 같았다

해가 질 때까지
나는 잘 걷고 있었다
바다를 보면서

바다에 빠지지 않고

한쪽으로만
쏟아지는
빛을
건성으로 대하면서

모래 위를 오고 가는
파도 소리를 들었다

바다가 없는
파도 소리가 들렸다

각자의 섬*

조용한 나라에 오면 미안한 마음이 들곤 해. 거기엔 소리가 건널 수 없는 절벽이 있고 나는 늘 그걸 두드리고 있으니까. 심야 식당에 앉아 노래를 틀었던 날처럼. 불현듯 이어폰 연결이 끊겨서 너에게 닿을까 두려워. 우리가 같은 노래를 듣고 있었다 해도. 결론은 어제 푼 문제와 다르지 않을 텐데. 아마 돌을 키우는 목장에 가고 싶은 걸 거야. 거기는 낡은 울타리 하나 없는 들판일 테니까. 하지만 돌무더기를 보면 또 무덤이라 부를 테지. 눅눅한 이불을 감고서 깊은 강을 건너는 날은 어떨까. 숨은 참아 낼 수 있겠지. 하지만 헤엄치는 팔다리는 어쩌지 못할 거야. 미안할 테지. 모든 날이 누군가의 생일이고 기일일 텐데. 단 하루도 풍경이 되어 주지 못했으니까. 입을 틀어막고 싶어서 손아귀에 힘을 줄 거야. 그러고도 뭐 하나 때리지 못해 사과만 하겠지.

다음에는 한참 더 멀리 떠나가 볼게.
조용히 빛나는 별만큼 먼 곳을 찾을게.
당신은 거기서 내게 여러 번 돌을 던져.

회식날

바닐라 향이 나는 술집에서 촛불을 켜고 비싼 술을 마셨다 웃음이 잠깐 멈출 즈음 우린 정말 흥이 많네요, 내가 말했다 어째서 우리의 대화는 끊이지 않는 건지 알게 된다면 사람을 만나는 게 어렵다던 아름다운 그에게 전하고 싶었다

그가 알려 준 노래를 신청곡으로 적어 냈다 음악에 별취미는 없는데, 그가 자주 듣던 노래를 적어 내면 그 곡을 아느냐고, 멋지다고 말해 주는 사람이 한둘쯤 있었고 그럴 때마다 나는 그냥 웃어 주었다 아름다운 그라면 손사래를 쳤겠지만

조금 지쳤다 나는 여기에 살고 거짓말을 할 줄 안다 당신을 위해 바닐라 향이 나는 술집을 찾았다고, 다음에 함께 가자고 말할 수도 있었다 끊이지 않는 대화를 위해 무엇이 필요한지도 실은 알고 있다 사람들의 말을 듣는 척하는 법도

집으로 돌아와 커튼을 걸었지만 빛은 들어오지 않았다

더 가려진 건 없었고 밤은 끌어안고 자면 아침이 되니까 별일 아니었다 누구나 그렇게 하루를 보내고 또 출근한다고 그에게 전하고 싶었다 우리 그쯤은, 어렵지 않은 일이었다고

　내가 끌어안고 잘 밤에는 아름다운 그가 있을 것이다 비 오는 날 우산을 들고 한 팔로 나를 안으며 이게 전부라고 말하지 못하는, 두 팔로 안아 주지 못해 미안하다고 말하는 그가 전부임에도 못다 한 말이 남은 우리일 것이다

순환 열차

도돌이표를 만난 기타리스트를 본 적 있니, 되돌아가 처음부터 다시 시작하는 마음, 기타리스트의 손가락이 기타 줄을 이리저리 옮겨 탈 때, 눈을 감아 본 적 있니, 분명 들어 본 음악, 순환선을 타고 잠들었지, 무거운 배낭을 메고 손에 쥔 기차표를 흔들었을 거야, 옷매무새가 제법 단정했지, 목적지를 향해 갈 때 나는 한 자루 칼날, 어디로 향하든, 칼끝은 날 서 있는 게 좋다고 생각했지, 그렇게 연결 통로를 끊어 버리는 칼날, 쇠줄과 빈틈없는 마찰음, 고립된 칸에 그려진 원형의 노선, 분리된 앞칸이 원심력을 따라 튕겨 나갔지, 끊어진 기타 줄, 그건 나의 죄, 아무리 경쾌하게 고백해도 나를 부르는 소리는 없었지, 다시 옷매를 가다듬었어, 여기는 순환선, 무수한 손잡이들도 둥글게 흔들리는 곳, 처음부터 다시 시작하면 된다고 말했지, 하지만 처음처럼 날카로울 수는 없었어, 내려야 할 역에 도착하면 자연스럽게 잠이 깰 거라는 종교를 가졌지, 신의 멱살을 쥐고 물었어, 차창 밖을 보면 바로 알 수 있을 거라고 했지, 풍경에 이름이 적혀 있을 거라고 했어, 그런데 어떤 이름일까, 어떤 신문에서도 우릴 부르는 이름은 본 적 없었지, 남은 기타 줄은 다섯 개, 연주가 끝나 가는

것 같았어, 어떤 앙코르도 무한대일 수 없지, 되돌아가 계
속 웅크리는 마음, 바닥에 쓰인 낙서가 혹시 신의 글귀일
수도 있지 않니, 해독하려 쭈그린 모습, 다시 기차표를 흔
들던 역 앞, 슬픈 날도 날카로운 날도 없는, 지루해서 시계
를 보았어, 째깍거리기만 할 뿐 어디에도 도착한 적 없었지.

치킨 레이스

당신이 아닌 사람의 이야기에 침을 뱉었다 거기에도 사연이 있다는 건 알겠지만 그게 나랑 무슨 상관이지? 나는 당신이 아닌 것에 나와 관련된 이야기가 있을 수 없다고 믿었다 나는 당신이 아닌 사람의 눈에 모래를 뿌렸다 나는 당신이 아닌 사람을 구별하기 위해 인사를 해 봤지 안녕하세요? 했을 때 웃으면 당신이 아닌 사람 나는 내게 웃는 사람들을 하나씩 지웠다 길이 적을수록 움직임은 확실해지겠지 외로울수록 정확한 문장을 쓰곤 했잖니 나는 당신이 아닌 것들을 검게 칠했다 오, 나는 이 소실점이 마음에 드네 근데 왜 이렇게 도착하지 않지? 나는 앞으로 끼어드는 차를 향해 욕설을 뱉고 액셀러레이터를 밟았다 뭔가 부딪히는 소리가 들렸으니 죽은 사람도 있겠지 근데 그게 나랑 무슨 상관이지? 나는 페달을 밟고 밟아 당신과 만나기로 한 숲에 도착했다 이곳이라면 당신과 같은 옷을 입은 내가 아닌 사람도 잘라 낼 수 있겠지 그의 목청을 베어 전리품처럼 나뭇가지에 걸어 두고 휘파람을 불 거야 우린 분명 즐거워하겠지

숲속에서 당신이 걸어 나와

한밤중에 고생했다며
키스를 해 주려 할 때

나는 푸른 차에 기대
담뱃불을 붙였다

서울

신촌역 주차타워 아르바이트를 할 때
설 자리가 없어 높아진 건물은 마치
자존심 같아, 라고 말했더니
친구가 웃었습니다

지하로 깊어진 건물도 있었습니다
우리는 거기서 입을 옷을 골랐고
학교로 가는 전철을 타거나
김밥을 사 먹었습니다

땅을 파면 왜 유물이 나오는지
그 무렵 할 말은 많았지만
소식이라고 전할 만한 건
누구에게도 없었습니다

술집에선 싸움이 나기도 했는데
너에게도 나에게도 주먹이란
빈 곳을 움켜쥐는 모양일 뿐
해가 뜨면 늘 혼자였고

> 검은 비닐봉지를 든 채
  문을 닫고 들어간 방에는
  창가 옆에 침대가 있어서
  화창하게 울 수 있었습니다

학교 앞 거리

아무도 부르지 않았지만
나는 이 거리에 다시 찾아왔다.

안다, 내가, 이 거리를 지나온 내가 푸른 병을 깨고 도
망친 범인임을

그러니 남은 꿈이 있다면 조금이라도 더 열렬히 후회하
는 일뿐이라는 마음으로, 소중한 오늘의 일들을 저만치
제쳐 두고는

이곳에 달려온 나는 여기서 얼마나 더 멀어졌는가, 오랜
만에 이 거리를 걸으니 기분이 이상하다고 말하던 지난해
의 당신보다 더더 오래된 기억들, 한낮의 학교 앞 거리를
걷는 사람들에게 느껴지는 검푸른 용기로부터 시간은 얼
마나 많이 흘렀는가,

열렬히 세어 보지만
안다, 시간이 끊어 놓은 나는 다시 이어 붙일 수 없다,
자주 가던 술집의 간판을 떼어 백지 위에 붙여 놓고 의자

와 창문의 자리를 서로 바꿔 본다 해도, 새것 같은 보도
블록을 부수고 다시 조립한다 해도, 조악한 열쇠 구멍에
잠시 나를 끼우고 돌리다가 결국 부러뜨리고 말겠지.

　　무언가를 참는 붉은 눈처럼 일몰이 오고 거리에 저녁
이 쏟아지는데

　　당신은 이 거리에 없어서 더 자주 말을 걸고
　　나는 그런 당신을 말없이 바라보고

　　내가 비운 유리병은 젖은 종이를 담은 채
　　깊은 바다 아래로 가라앉겠지.

　　그 어떤 위대함도 없는 오래된 바다 밑,
　　그곳엔 유리병들의 무덤이 있고

　　깨진 유리 조각들은 아직도 거리를 뒹굴고

　　맨발인 사람들이 나는 여전히 푸르게 보여,

> 또 무얼 마셔야 빈 병을 얻나

빈 곳

천변에서 저녁 산책을 하는데
갑자기 목줄이 풀린 개가 저에게 달려들었습니다
저는 검은 털을 쓰다듬으며 주인에게 괜찮다고 말해 주
었습니다

천변은 조금 더 푸른 척을 하다가 결국 검어졌고
저는 조금 더 걷다가 결국 옛일을 생각했습니다

모두가 해돋이를 보러 간 날
십오 년을 기른 개가 혼자 목줄을 끊고
절룩이며 걸어갔을 그곳에 대해

찾지 말거라, 혼자 가게 두어라 하시던 할머니는
그곳이 어딘지 아셨던 걸까요?

커다란 무덤 파내는 꿈을 꾸던 날들이 있었습니다

새카만 옷을 입은 내가 흙을 파내고 관을 열었지만
그리운 이들을 만날 수는 없었습니다

선명한 날

종이 할퀴는 소리가 들리는 밤이면
책들은 책장의 빈 곳으로 기울고

내가 자꾸 넘어지는 이유에 대해
채워 줘 채워 줘, 검은 건반 치는 소리

넘어져 바라본 책장에는
기울어진 책들이 직립해 있어서

불명확해, 저 논리정연한
사각의 방과 책장은 쉽게 뒤바뀌어

고백을 위해 켰던 일렁이는 촛불이
차라리 더 명확한 모양인 것만 같지 나는

하지만 거기로 걸으면 안 될 것 같아서
팔로 다리를 감싸 앉은 밤

내 방은 크고 나는 너무 작은데

그런 작은방에 사니, 너는 그렇게 묻고

하지 마 하지 마, 흰 건반 누르지 마
네 말이 옳아, 나는 이렇게 답하고

고장 난 피아노 건반 사이로
흘러내린 촛농이 천천히 식어 가

아니야 아니야, 나는 애써
굳어 가는 밤을 모호하게 흩뜨리는데

연대기

성당에 가기 싫어서
날 때린 사람을 용서하기로 했다
대신 오늘은 내 죄도 빌지 말아야지

나는 너에게 용서를 받고
나는 그를 용서해 주는 셈은 쉽다

한껏 가벼워진 고개를 들자
창밖은 가시덤불 숲이었다
사람들이 뒤섞여
네가 보이지 않았다

날이 추우니까
커피는 집에서 마셔야지
밥은 먹지 말고

밤에는 두 손을 모아
그를 세게 때렸다

눈이 오는 줄도 모르고
멍든 네가 그에게 안겨
용서를 받던 중이었다

상실의 연대기

송현지(문학평론가)

울음의 기원

어느 작은 점에서부터 우주가 시작되었다는 주장은 이
제 정설이 되었다. 지금 우리가 살고 있는 세계는 높은 온
도와 밀도를 가진 그 작은 점이 폭발한 후 점차 빠르게
팽창해 만들어진 곳이라는 것. 그렇다면 그 점보다 조금
더 거슬러 올라가 보는 것도 가능할까. 그러니까 우주, 그
작은 점 이전에는 무엇이 있었을지 말이다. 이에 대한 대
답이 아직 한데 모이지 않은 가운데, 나는 스티븐 호킹의
주장을 흥미롭게 읽어 왔다. 우주의 이전은 시공간과도,
심지어 물리법칙과도 무관한 "인식론적 지평선"에 가까우
며, 시간의 기원인 듯 보이는 이 작은 점은 지금 우리가

알아낼 수 있는 "과거의 한계점"이라는 말.* 그의 주장은 우주만이 아니라 한 번쯤 우리가 경험했을 어떤 세계의 시작을 보다 깊이 이해하게 해 준다는 점에서 매혹적이다. 이를테면 어느 날 어떤 이유에서인지는 모르겠지만, 한 사람으로부터 세계가 시작되었고 그 이전에 대해 생각할 수조차 없게 되었다는 말이야말로 사랑에 대한 완벽한 정의인 것처럼.

『개와 늑대와 도플갱어 숲』의 화자는 마치 '당신' 이전의 세계는 상상해 본 적 없다는 듯 '당신'이라는 소실점으로 귀결되는 매일을 이야기한다. 그런 그에게서 '갓 태어난 아이의 울음'을 듣는 것은, 그래서 자연스럽다. 그는 자신의 세계를 시작하게 만든 '당신'에게서 (적어도 심적으로는) 한 발짝도 멀어지지 않았기에. "구토처럼 거슬러 올라가" 보며 '당신' 이전의 풍경에는 "발자국이 끊겨 있"(「피」)음을 거듭 확인하기에.

우리가 새와 고양이의 목소리를
그저 울음이라 여기듯
실은 우리가 발음하는 모든 소리도
이 밤을 건너려는 울음일지 모르지

* 토마스 헤르토흐, 박병철 옮김, 『시간의 기원』(알에이치코리아, 2023), 432쪽.

누군가 부르는 소리, 좋아한다는 말

함께 웃는 소리, 새벽 버스 정류장의 고요까지

그저 오늘 태어난 아이의 울음이

한순간 변주된 것에 지나지 않을지 모르지

슬프지 않다고 울지 않는 건 아니니까

—「콜링」에서

그러나 시집을 읽다 보면 자신이 '슬픔 없는 울음'을 변주해 말하고 있다는 설명과 달리, 그의 말에서는 '슬픔에서 비롯된 울음'이 자주 섞여 들린다. 이것은 "새와 고양이의 목소리를" "그저 울음"이라는, 주로 슬픔을 나타내는 말로 표현하는 것과 같은 우리의 무신경함 때문일까. 그렇지는 않은 것 같다. 그의 세계는 '당신'을 만난 후 시작되었지만, 이 시집은 '당신'을 잃은 후 쓰이기 시작했기에. 가속 팽창하는 우주가 그 기원으로부터 점차 멀어지듯, 시간이 흐르며 '당신'과 만났던 일이 점점 희미해져 감을 화자가 느낄 때, 그러다 언젠가는 그 기억이, 그리고 사랑이 사라지는 것은 아닐지 두려울 때 그의 소리는 슬픈 울음이 된다.

『개와 늑대와 도플갱어 숲』은 세계의 전부였던 사랑하는 사람을 잃은 자가 상실 후 겪은 일들과 감정들을 적어 둔 기록이다. 상실의 사건은 그에게는 세계가 무너지는 일, 말하자면 죽음과 같기에 그는 죽음을 받아들이는 과정과 유사한 단계를 거친다. 그러나 '부정-분노-협상-우울-수용'으로 널리 알려진 죽음의 5단계*와 달리 그는 분노하거나 협상하기보다 이를 부정하는 데 오랜 시간을 보냈으며, 이때 그가 내세우는 부정의 논리와 이후 수용 방식의 특이성이 이 기록의 특성을 결정짓는다.

끝을 향해 몸을 내미는 세계에서

먼저, 부정.

멸종 위기 동물에 관한 글을 읽었다 밤낮없이 사냥당했다, 는 문장에서

흔들리기 시작한
램프 아래에서

모기를 멸종시키는 방법에 관한 글을 읽었다 과학적으로 확실하다, 는 문장에서

개지 않은 침구류와 잠들지 않고 꾸는 꿈을 생각했다 긴

---

* 엘리자베스 퀴블러 로스, 이진 옮김, 『죽음과 죽어감』(청미, 2018).

긴밤 얼굴로 떨어지는 식칼의 날이 반짝인다고, 어딘가 빛이
있다 믿는 그

　버튼을 누르기 전에 이미 망가져 있어서
　끌 수 없는
　램프 아래에서

　(……)

　작아져만 갈 뿐 사라지지 않는
　깊은
　불에 기대서서

　멸종과 위기를 끝내 의심하는 일

　다리가 휜 책상 위로
　두꺼운 책들의 무게를 더하며

　새와 공룡에 관한 글을 읽었다 새는 공룡의 후손이 아니
라 대멸종에 맞선 공룡이다, 라는 문장에서

　검은 이불자락에 몸을 맡겼다 작은방을 뒤덮는 눈꺼풀의
온기, 날아오를 수 없지만 타오를 수 있는 그

(……)

윤곽만 남은, 아직
남아 있는 그
마음

　　　　　　　　　　　　　　　　　　—「새와 램프」

　이 시는 사라짐에 대한 그의 두려움을 가장 잘 보여 준
다. 우선 그는 멸종 위기 종들에 대한 여러 책을 책상다리
가 휠 만큼 모아 놓고 읽으며 무엇도 멸종되지 않는다는
사실을 입증할 증거들을 찾는다. 그것을 찾기 위해 "긴긴
밤" 불을 끄지 못한 램프는 "이미 망가져" 끄려고 해도 "끌
수 없"다. 어쩌면 망가진 것은 이 램프 아래에서 "멸종과
위기를 끝내 의심"하려고 온종일 각성 상태에 있었던 그
인지도 모르겠다. 그러다 보면 간혹 어떤 문장들은 그가
"검은 이불자락"에 누워 "눈꺼풀"을 덮을 수 있게 하기도
한다. 이를테면, 공룡은 멸종한 것이 아니라 '새'로 진화한
것에 불과하다는 주장이 담긴 문장. 새가 "대멸종에 맞선
공룡"이라는 말을 증거로 삼아 사랑했던 마음 또한 윤곽
으로나마 오래 남아 있을 것임을 애써 믿게 하는 문장. 그
러나 그의 절망과 슬픔은 너무 깊어서 때로 그는, 그저 우
겨 보기도 한다. 심하게 요동치는 슬픔이 우리를 떼쓰는

아이처럼 만들듯이.

　　풀밭에 나란히 앉아 당신은 돌로 만든 의자를 그려 놓고 내 이름을 써 주었습니다 나는 그저 비어 있는 자리에 대해 말했을 뿐이었지요 아마 당신은 오래된 돌담을 부수어 놓고 누군가 들어오길 기다린 것이겠지만 눈이 녹지 않길 바라는 빛 같은 거였을까요, 당신의 졸업 전시회를 둘러보고 꽃다발을 건네던 순간에도 그늘이 짙어긴 옛 골목을 더 오래 보고 있었습니다 시간이 흐른다는 걸 알게 된 뒤로 슬프지 않은 것이 없었으니까 사랑 대신 용서를 구하기로 한 셈이지요 나는, 한낮에도 나무 아래 검은 흙을 밟아야 겨우 한 걸음 내디딜 수 있었으니까 봄이 와도 모른 척 두꺼운 외투를 입고 조금이라도 더 슬퍼지려 했습니다 춥지 않으면 불이 날 테니까, 무너진 돌담과 빛을 가린 나무도 여전히 당신처럼 아름다우니까요

──「삼월」에서

　　"봄이 와도 모른 척 두꺼운 외투를 입고" 아직 당신과 함께하던 겨울이 지나지 않았다고 내뻗쳐 보는 「삼월」의 '나'와 "한창 여름"에 누군가의 "팔에 묻은 눈을 털"며 "삼인칭"으로 살아가는 것을 선택하는 「흰모래의 계절」 속 '나'와 같이. 그는 그 방식으로 당신에게 "사랑 대신 용서를 구하기로" 한다. 잘못은 언제나 과거에 벌어진 일이기

에 이러한 논리 안에서는 합당하게 과거에 머무를 수 있으므로. 만약 '나'의 잘못이 용서받기 힘들 만큼 크거나 당신이 답을 주지 못할 만큼 멀리 갔다면 무한정 과거의 시간에서 살아가는 것도 가능하다. 그런데 이런 방법을 써도 자꾸 현실이 육박해 온다면? 그는 아예 과거로 돌아가 일어났던 일들을 바꿔 보기도 한다.

> 두 가지 주장은 표면적으로는 드러나지 않은 가정,
> 즉 우주가 영원히 존재해 왔든지 그렇지 않든지 간에,
> 시간이 과거 방향으로 무한히 계속된다는
> 가정을 토대로 삼고 있다.[*]

비 오는 키치조지 공원을 걸을까 해. 너는 근처 가게에서 홍차를 마시다 나를 보겠지. 네가 나를 부르면 사이렌이 울리고 손에 쥔 우산을 떨어뜨릴 거야. (······)

소란이 잦아들면 홍차를 엎지를까 해. 서로를 바라보던 눈보다 파란 가방에 생긴 얼룩이 더 오래 남겠지. 건반처럼 눌러보며 너의 목소리를 들을 수 있을 거야. 풀려 있는 바람에 손가락이 스쳐도 한동안 노래가 되겠지. (······)

---

[*] 스티븐 호킹, 김동광 옮김, 『시간의 역사』(까치).

이제 비의 맥락을 알았으면 해. 죄를 지은 사람은 있을 거야. 불이 되어 번졌겠지. 미리 준비한 두 번째 우산을 네게 줄게. 걱정하지 마. 너는 두 번째가 아니야. 내가 미래에서 왔을 뿐이지. 하지만 수갑 찬 사람은 버리기. 비를 맞고 사라지는 불은 마법이잖아. 수갑을 풀고 먼 곳으로 달아날 거야.

지금쯤 불타는 비행기를 탔으면 해.
너는 보통날처럼 날씨를 보고
집 안에 남아 있겠지.

—「처음 만난 사람」

"키치조지 공원"은 화자가 '당신'과의 추억이 있는 장소일 수도 있겠지만 일본 예술에 큰 영향을 끼친 어느 사랑 이야기의 배경 장소이기도 하다. 집에 불이 나 잠시 머무르게 된 키치조지 절에서 사랑하는 이를 만나게 된 소녀 오시치는 집이 완성되자 그와 다시 만나지 못하게 될 것을 염려해 집에 불을 지르고, 당시 법에 따라 처형된다. "미래에서" 온 '나'가 당신에게 우산을 건네는 장면을 이 이야기와 겹쳐 보자. 소녀의 이야기에서 불이 사랑의 표식인 것과 마찬가지로 이 시에서 '나'가 비를 맞고 불이 사라지는 일을 막기 위해 하는 행동들을 말이다. 다른 시에서도 그는 "파란 불씨"가 꺼지지 않기를 바라며 그 위에 "털옷"을 입혀두지 않았던가(「시」). 단지 불(사랑)이 꺼지지 않게 하는 것만으로 충분하지 않다면, 시간은 "과거 방향으로 무한히 계속"되는 것이니까 '너'가 키치조지 공원에 오기도 전에 "불타는 비행기"를 탄다고도 상상해 본다. 끝없이 예전으로, 그것보다 더 예전으로 돌아가 과거를 바꾼다면 사랑하는 이와 헤어진 지금의 현실은 도래하지 않을 수 있을까? 이런 상상이 점점 희미해지는 당신에 대한 사랑을 지킬 수 있지 않을까? 어떻게 해도 지금의 현실을 받아들일 수 없기에.

할 수 없는 것에 대하여

다른 과거를 상상하는 방식의 현실 부정은 망상일까. 그러나 이 시집의 화자는 무턱대고 현실을 부정하기보다는 다른 과거와 현실에 대한 객관적인 근거를 찾으려 부단히 노력하는 유형의 사람임을 잊지 말자. 이러한 상상을 할 때조차 그는 객관적인 근거를 찾는다. 특히 시간에 관해 이야기할 때 더욱 그렇다. 일반상대성 이론에 비추어 현 상황을 이해하려는 다음의 시가 그 예다.

시간의 모습이란 아마도
지구를 닮은 구형일 것이다

(……)

내가 너를 계속 사랑하니까
너를 사랑하는 나를 만났다
영원히 너인 너를 사랑하느라
주어진 시간을 모두 썼다

시간을 일주한 이들은 죽는다

이미 죽은 기분으로
앞을 향해 걸었다
계속 어제를 만난다

시간의 중심에서 빛을 뿌리며
네가 나를 끌어당기고 있었다

거꾸로 매달린 자세지만
나는 위험하지 않다

—「증언」

  질량과 에너지로 인해 시공간이 휠 수 있음을 입증한
일반상대성이론이 궁극적으로 보여 준 것은 '시공간의 기
하학적 구조'였다. 지구가 태양 주변을 도는 것은 지구를

잡아당기는 중력 때문이라는 만유인력의 법칙을 뒤집고, 이 이론은 태양의 질량이 시공간의 휘어짐을 만들어 그 굴곡 위에서 지구가 움직이는 것이라고 설명한다. 우리가 지구의 중심 방향으로 당겨지는 것도 사실상 지구의 질량으로 만든 곡면에 의해 발생하는 현상이라는 것이다.* 이 시의 화자가 머무는 세계도 마찬가지다. 여전히 큰 에너지와 질량을 가진 '너'가 그의 시(공)간을 왜곡시켜 왔으며, 굴곡을 만들어 계속해서 자신을 잡아당기고 있다. 이처럼 시공간이 평평하지 않고 휘어져 있는 이 세계에서 시간은 "지구를 닮은 구형"과 같다. 둥근 지구 위를 한쪽 방향으로 계속 걸어가면 원래 자리로 돌아오는 것처럼 그의 시간이 "앞을 향해" 나아간다면 계속해서 '너'를 사랑했던 "어제"로 돌아오는 것은 실현 가능한 사실이 된다.** 그는 이 세계의 모양과 물리법칙을 통해 자신이 당신을 놓지 못한 채 과거에 머무르고 있는 까닭을 스스로에게 납득시켜 본다.

같은 원리로 시간 여행이 가능한 미스너의 우주(Misner

---

* 일반상대성이론에 대한 설명은 토마스 헤르토흐, 앞의 책, 101~103쪽 참조.
** 이는 임원묵의 시집에서 자주 다뤄지는 장면이 세계가 닫힌 채 계속 순환되는 모습인 것과 관련지어 볼 수 있다. "어디에도 도착한 적 없"이 "순환선"(「순환 열차」)을 타고 있는 '나'의 모습이라거나 "결말에 이르지 못할 것"(「성탄절」)과 "먼 지평선에는 결코 도착할 수 없"(「땅을 파는 사람들」)음을 '나'가 예감하는 장면들이 대표적이다.

space)'라는 가상 우주를 살펴보자. 미스너는 우주를 침실과 같은 좁은 공간에 빗댄다. 일반적인 침실에서는 이쪽 벽에서 저쪽 벽으로 우리가 나아갈 때 벽에 부딪히지만, 하나의 우주인 이 침실은 시공간이 휘어진 닫힌 세계이므로 두 벽은 물리적으로 동등한 상태가 된다. 그러므로 오른쪽 벽을 통과하는 것은 왼쪽 벽을 통과하는 것과 같다. 오른쪽 벽으로 계속 나아가도 왼쪽 벽을 통해 다시 침실로 들어올 수 있고 그 역도, 수직 방향으로의 순환도 가능하다. 여기서 공간을 더 좁히면 침실 밖의 '나'가 침실 안의 '나'를 보는 것도, 이런 침실이 무수히 많이 동시에 존재하고 침실 벽이 수축하며 점점 더 공간이 좁혀진다면 시간 여행도 가능하다는 것이 미스너의 주장이다.

눈을 감는 순간
두터운 물을 덮은 내가
가만히 돌아누운 등을 지켜보고 있지

가슴이 숨을 들이켜는 동안
부러진 뼈들의 무덤 앞에 있던 나를

가장 먼 곳의 비밀을 보려고
목을 꺾고 숨을 참은 내가

매일 밤 내려다보고 있지

깊은 바닷속 동굴에서

젖은 성냥갑을 꺼내 들고

—「침대」

이 시에서 두 명의 '나'는 한 공간에 있고, '나'가 '또 다른 나'에게서 볼 수 있는 것은 그의 등 돌린 모습뿐이다. 이는 과거로의 시간 여행이 한 방향의 공간 수축으로 가능해지기 때문에, 우리가 볼 수 있는 건 언제나 같은 방향이라고 예측한 미스너의 우주 모델을 연상하게 한다. 이렇게 읽을 때 '과거의 나'를 오래 바라보는 일의 어려움은 상상이 아닌 현실의 이미지로 전달된다. '현재의 나'는 "부러진 뼈들의 무덤 앞에 있던" '어제의 나'를 바라보기 위해 "두터운 물"을 뒤덮은 채 "목을 꺾고 숨을 참"고 있다. '어제의 나'를 잘 내려다보기 위해 그가 든 "젖은 성냥갑"은 그 자체로 '현재의 나'의 무력감과 일말의 끈질긴 희망을 드러내는 것이어서 우리는 그가 이러한 일을 오래 지속하는 데 어려움이 있으리라 짐작할 수 있다. "이미 죽은 기분으로" 살아가며 어제를 만난다는 「증언」의 화자처럼.

이렇게 "계속 어제를 만"나는 일이 오래 지속되지 않을 것이라는 사실 또한 예견되어 있다. 스티븐 호킹은 미스너의 우주가 이론적으로만 가능할 뿐 물리적으로는 불가능하다고 말해 왔다. 미스너의 시간 여행은 동시에 존재하는 무수히 많은 공간을 한 방향으로 통과하는 것을 전제로 하고 있는데, 이 벽을 통과할 때마다 에너지가 증가하여 미스너의 침실과 사람은 그 과정에서 곧 붕괴할 것이므로 과거로 돌아가는 시간 여행은 불가능하다는 사실을 그는 수학적으로 증명했다. 호킹의 말이 맞았다. 앞서 현실을 부정하며 과거를 부단히 오간 그의 시도들은 실패로 끝나고 그는 깊은 물속에 가라앉은 "난파된 배"(「오진」)에 머무르고 있는 것과 같은 우울에 빠진다.

　일시적으로 마음은 속일 수 있을지 몰라도 "배가 부르다고 중얼거려도 허기는 채울 수 없"(「구조조정」)는 것처럼 현실을 부정할 수 없다는 것을 그는 알고 있었을까. 앞서 읽은 「처음 만난 사람」의 마지막 문장("너는 보통날처럼 날씨를 보고 집 안에 남아 있겠지")은 더욱 멀리 거슬러 간 과거에서 '너'는 비행기도 타지 않으며, 키치조지 공원에도 가지 않을 것임을, 그러니까 아무리 시간을 거슬러 올라가도 '너'를 통제할 수 없으며, 불을 사라지게 하는 비를 미리 막을 기회도, 오래오래 "너의 목소리를 들을 수 있"는 "얼룩"을 갖는 기회도 가질 수 없음을 그가 이미 알고 있음을 보여 준다. 어쩌면 과거로의 시간 여행을 거듭하는 과정은 그 불가능성을 확인하는 방식이었을 것이다. 이처럼 시간의 흐름을 막을 수도, 과거를 바꿀 수도 없다는 사실을 확실하게 알게 된 그는 이제 무엇을 하는가.

부러진 새를 쥐고 쓰는 시

수용하기. 그러나 이것은 지치고 쇠약해진 상태에서 마지못해 이루어지는 받아들임과는 다르다.

1
흑연을 가득 실은 트럭이
파란 물길을 헤치고 달려온다

2
맥주를 마시고 담배를 피웠다
강의실에 맥주를 쏟았다
열심히 닦았다
담배 냄새가 났다

(……)

5
눈이 녹아 생긴 물을
더는 슬퍼하지 않기로 했다

6
버려진 목탄을 주워 쓴 두엇 글자

부러진 새를 쥐고 초인종을 누른다

—「비밀에게로」

시간이 가는 일을 "더는 슬퍼하지 않기로" 다짐한 그가 어느덧 "부러진 새"를 쥐고 있음이 그 증례다. 멸종이 없음을 입증하는 중요한 증거였던 새는 부러졌고, 무심히 이를 쥐고 있는 그의 모습은 지금 그가 어떤 단계를 지나왔음을 알게 한다. 이제 그는 다른 세계로 가는 어느 문 앞에 서 있다. 그리고 "초인종을 누른다".

당신이 아닌 사람의 이야기에 침을 뱉었다 거기에도 사연이 있다는 건 알겠지만 그게 나랑 무슨 상관이지? 나는 당신이 아닌 것에 나와 관련된 이야기가 있을 수 없다고 믿었다 나는 당신이 아닌 사람의 눈에 모래를 뿌렸다 (……) 길이 적을수록 움직임은 확실해지겠지 외로울수록 정확한 문장을 쓰곤 했잖니 나는 당신이 아닌 것들을 검게 칠했다 오, 나는 이 소실점이 마음에 드네 근데 왜 이렇게 도착하지 않지? (……) 나는 페달을 밟고 밟아 당신과 만나기로 한 숲에 도착했다 이곳이라면 당신과 같은 옷을 입은 내가 아닌 사람도 잘라낼 수 있겠지 그의 목청을 베어 전리품처럼 나뭇가지에 걸어 두고 휘파람을 불 거야 우린 분명 즐거워하겠지

숲속에서 당신이 걸어 나와

한밤중에 고생했다며

키스를 해 주려 할 때

나는 푸른 차에 기대

담뱃불을 붙였다

—「치킨 레이스」

그 문 너머에는 무엇이 있을까, 그리고 그곳에는 어떤
'비밀'이 있을까. 앞서 우리가 읽어 왔던 내용과는 전혀 다
른 사실이 담겨있는 시, 그러니까 '나'와 '당신'의 관계에
대한 새로운 '비밀'이 드러나는 이 시가 화자가 누른 초인
종 너머의 세계를 짐작하게 해 준다. 앞서 계속해서 당신
에게로 향하고 있었던 '나'는 이 시에서는 정작 결정적인
순간에 당신을 피하는 모습을 보여 준다. 당신이라는 '작
은 점'에서 벗어나지 못했던 그의 지난날들은 어쩌면 당신
에게 사랑한다고 제대로 말하지 못하고 발음을 뭉개 버리
며 당신을 피해 왔기 때문은 아니었을지를 짐작하게 하는
저 고백을, 그는 왜 지금 하는 것일까.

「비밀에게로」에서 그가 초인종을 누르기 전에 "목탄을
주워 쓴"다는 문장을 유심히 살펴보자. 그는 버렸던 지난
일들을 다시 주워 와 씀으로써, 그것을 새로이 바라보고
글을 쓰며 그다음 단계로 진입할 수 있었다. 그는 지난날
들을 현재의 시점에서 다시 생각해 보며 이와 같은 은폐

된 진실을 발견하게 되었고 이러한 과정을 거치며 마지막 시에 도착해서야 비로소 상실을 받아들이게 된 것으로 보인다.

성당에 가기 싫어서
날 때린 사람을 용서하기로 했다
대신 오늘은 내 죄도 빌지 말아야지

나는 너에게 용서를 받고
나는 그를 용서해 주는 셈은 쉽다

한껏 가벼워진 고개를 들자
창밖은 가시덤불 숲이었다
사람들이 뒤섞여
네가 보이지 않았다

날이 추우니까
커피는 집에서 마셔야지
밥은 먹지 말고

밤에는 두 손을 모아
그를 세게 때렸다

눈이 오는 줄도 모르고

멍든 네가 그에게 안겨

용서를 받던 중이었다

─「연대기」

중요한 사건을 일어난 순서대로 나열한 기록을 '연대기 (年代記)'라고 할 때 이 시는 그에 한참 비껴나 있다. 예컨대, '나'가 '그'를 때린 밤은 성당에 가지 않은 날 바로 전의 밤인지 더 그 전인지 혹은 그 이후인지 알 수 없다. 알 수 없기는 서로가 서로를 때리는 '나'와 '그'와 '너'의 관계 역시 마찬가지다. '그'는 '나'를 때렸고 '나'는 '너'에게 잘못을 범하였기에 이를 기호로 나타내 보면 '그→나→너'로 표기할 수 있겠지만 가해의 화살표는 "밤에는 두 손을 모아/ 그를 세게 때렸다"는 구절에서 뒤집힌다. 인과관계도 뒤틀려 있다. "성당에 가기 싫어서"(원인) "날 때린 사람을 용서하기로"하거나(결과①) "내 죄도 빌지 말아야지"(결과②)라고 그가 말할 때, 원인은 저러한 결과를 낳기에는 지나치게 가볍다. 오히려 '내 죄를 빌지 않기 위해(원인) 성당에 가지 않았다(결과)'가 사실에 가까운 명제처럼 보인다.

이러한 서술 방식은 베냐민이 말한 대로 '역사의 연속체를 폭파'함으로써 우리를 은폐된 진실에 다가가게 한다.* 가령 "성당에 가기 싫어서" 집에 간 그가 결국 마주한 장면이 "멍든 네가 그에게 안겨 용서를 받"는 모습이라고 할 때, 이에 앞서 '나'가 '그'를 때린 한 장면이 하나의 파편처럼 불쑥 나타난다는 점에 주목한다면 죄를 빌기 싫어하는 '나'의 죄를 '너'는 대속하는 것이 아닌지, 이것이 '너'에게 반복하여 용서를 구하고 싶은 '나'의 원죄는 아닌지 추정해 보게 된다. 그런데 무엇보다 내게는 이 시의 시간과 인과와 관계가 "창밖"에 "뒤섞여" 있는 "사람들"처럼 엉켜 서술된다는 점이 중요하게 여겨진다. 특히 '너'와 '그'와 '나'의 얽힌 관계는 이 시를 '연대(連帶)'의 기록처럼 보이게 하여 '나'는 '당신'을 상실한 사건을 다루면서 사실은 스스로를 상실한 이야기를, 또 다른 누군가의 이야기를 동시에 하고 있는 것이 아닌지를 생각해 보게 되는 것이다.

그런데 이와 같은 「연대기」의 서술 방식은, 한편으로는 이 글이 그의 연대기를 쓰는 방식과 너무 달라서 나는 베냐민이 텍스트를 이해하는 방법으로 주해(Kommentar)와 비평(Kritik)을 구분 짓고** 후기에 이르러 텍스트의 자리에 역사도 놓았던 것처럼, 그의 지난 역사를 그 자리에 놓아 두 연대기를 비교해 보고 싶다. 지금 내가 시간의 순서대로 쓰고 있는 그의 연대기가 사실 내용을 드러내는 '주

---

* 발터 베냐민, 최성만 옮김, 「수집가이자 역사가 에두아르트 푹스」, 『발터 벤야민 선집 5: 역사의 개념에 대하여 외』(도서출판 길, 2008).

** 발터 베냐민, 최성만 옮김, 『발터 벤야민 선집 10: 괴테의 친화력』(도서출판 길, 2012).

해'에 가깝다면, 「연대기」의 서술은 시간의 연속성을 파괴해 진리 내용을 드러낸다는 점에서 그 시간을 '비평'한 것에 가까울 것이다. 아니, 한 번 더 베냐민의 개념을 빌리자면, 나는 역사주의자가 그러하듯 그의 시간이 어떻게 진행되었는가에 치중하여 써 왔다면, 화자는 역사적 유물론자와 같이 과거의 진리를 드러내려는 방식으로 쓰고 있다고 말할 수 있을 것이다. 물론 이와 같은 설명은 저 시에만 해당하는 것이 아니다. 사실상 『개와 늑대와 도플갱어 숲』은 '상실의 시대'를 지나간 그가 '지금시간'에서 이를 거슬러 내려가며 쓴 기록이라는 점에서 그 자체로 '상실의 연대기'가 아닌가. 부러진 새를 쥐고 몇 번이고 과거를 거슬러 내려가 발견한 비밀에 대해 그는 쓰고, 그 기록들을 모아 '개와 늑대와 도플갱어 숲'이라는 이름을 붙였다. 그리고 그것은 당신의 상실을 수용하는 마지막 단계이기도 했다.

어쩌면 이 글과 완전히 반대되는 방식으로 작성된 그의 연대기를 읽을 때, 당신은 그 불연속적인 서술들과 파편화된 이미지들로 인해 자주 읽기를 멈추게 될 것이다. 무언가가 은폐되어 있다고, 때로는 알기 어렵다고 느끼면서. 그러나 그러한 정지의 순간마다 더욱 생생해지는 상실의 감각은 울음으로 변주된 그의 숱한 말들을 이해하게 하고 끝내 이 글이 발견하지 못한 더 많은 비밀들에 대한 글을 당신이 쓰게 만들 것이다. 그래서 나는 이쯤에서 글을 마

치려 한다. 당신은 그가 쓴 연대기를 읽는 데 더 많은 시
간을 들여야 하므로. 그 연대기는 이 글의 앞에 있다.

황인찬(시인)

어두운 곳에서 서로를 감싸안는 사람들은 서로의 온기
에 더욱 집중한다. 아무것도 보이지 않아서 문득 두려워지
고, 또 불현듯 외로워지지만, 그렇기에 더욱 서로를 열정적
으로 끌어안게 되는 것이다. 그렇게 너무 가까워서 아찔해
질 것만 같은 어두운 온기가 임원묵의 시에는 가득하다.

임원묵 시의 주조를 이루는 섬세한 고독과 불안은 기
실 우리 세계에 대한 명징한 이해에서 기인한다. 우리를
무겁게 짓누르고, 인간의 존엄을 쉽게 앗아가며 또한 그렇
기에 우리를 무감하게 만드는 이 세상에서 그의 시는 이
세계의 부조리를 온몸으로 감각하고, 또한 그것을 타자와
나누고자 한다.

그것은 결국 "작아져만 갈 뿐 사라지지 않는/ 깊은/ 불

에 기대서서// 멸종과 위기를 끝내 의심하는 일"(「새와 램프」)이라 할 수 있겠다. 비관하면서도 희망을 꺼뜨리지 않고, 멸종해 가는, 혹은 멸종해 버린 타자를 찾아가는 일. 혹자는 그것을 사랑이라고 말할 수도 있으리라. 그런데 사랑의 형상을 했다고 해서 그것을 쉽게 사랑이라고 불러도 좋을까? 하지만 그것이 사랑이 아니라면 또 무엇이겠는가. 계속되는 역접과 망설임 끝에 결국 도달하는 확신까지가 임원묵의 시이다.

지은이 **임원묵**

1989년 경기도 연천에서 태어났다. 경희대학교 경제학과를
졸업했다. 2022년《시작》신인상을 수상하며 작품 활동을
시작했다.

개와 늑대와 도플갱어 숲

1판 1쇄 찍음 2024년 9월 20일
1판 1쇄 펴냄 2024년 10월 4일

지은이 임원묵
발행인 박근섭, 박상준
펴낸곳 (주)민음사

출판등록 1966. 5. 19. (제16-490호)
서울특별시 강남구 도산대로1길 62(신사동)
강남출판문화센터 5층 (06027)
대표전화 02-515-2000 / 팩시밀리 02-515-2007
www.minumsa.com

ⓒ 임원묵, 2024. Printed in Seoul, Korea

ISBN 978-89-374-0944-8 (04810)
      978-89-374-0802-1 (세트)

* 이 책은 경기도, 경기도문화재단의 지원을 받아 발간되었습니다.
* 잘못 만들어진 책은 구입처에서 교환해 드립니다.

민음의 시

민음의 시
목록

001 전원시편 고은
002 멀리 뛰기 신진
003 춤꾼 이야기 이윤택
004 토마토 씨앗을 심은 후부터 백미혜
005 징조 안수환
006 반성 김영승
007 햄버거에 대한 명상 장정일
008 진흙소를 타고 최승호
009 보이지 않는 것의 그림자 박이문
010 강 구광본
011 아내의 잠 박경석
012 새벽편지 정호승
013 매장시편 임동확
014 새를 기다리며 김수복
015 내 젖은 구두 벗어 해에게 보여줄 때 이문재
016 길안에서의 택시잡기 장정일
017 우수의 이불을 덮고 이기철
018 느리고 무겁게 그리고 우울하게 김영태
019 아침명상 최동호
020 안개와 불 하재봉
021 누가 두꺼비집을 내려놨나 장경린
022 흙은 사각형의 기억을 갖고 있다 송찬호
023 물 위를 걷는 자, 물 밑을 걷는 자 주창윤
024 땅의 뿌리 그 깊은 속 배진성
025 잘 가라 내 청춘 이상희
026 장마는 아이들을 눈뜨게 하고 정화진
027 불란서 영화처럼 전연옥
028 얼굴 없는 사람과의 약속 정한용
029 깊은 곳에 그물을 남진우
030 지금 남은 자들의 골짜기엔 고진하
031 살아 있는 날들의 비망록 임동확
032 검은 소에 관한 기억 채성병
033 산정묘지 조정권
034 신은 망했다 이갑수
035 꽃은 푸른 빛을 피하고 박재삼
036 침엽수림에서 엄원태
037 숨은 사내 박기영
038 땅은 주검을 호락호락 받아 주지 않는다 조은
039 낯선 길에 묻다 성석제
040 404호 김혜수
041 이 강산 녹음 방초 박종해
042 뿔 문인수
043 두 힘이 숲을 설레게 한다 손진은
044 황금 연못 장옥관
045 밤에 용서라는 말을 들었다 이진명
046 홀로 등불을 상처 위에 켜다 윤후명
047 고래는 명상가 김영태
048 당나귀의 꿈 권대웅
049 까마귀 김재석
050 늙은 퇴폐 이승욱
051 색동 단풍숲을 노래하라 김영무
052 산책시편 이문재
053 입국 사이토우 마리코
054 저녁의 첼로 최계선
055 6은 나무 7은 돌고래 박상순
056 세상의 모든 저녁 유하
057 산화가 노혜봉
058 여우를 살리기 위해 이학성
059 현대적 이갑수
060 황천반점 윤제림
061 몸나무의 추억 박진형
062 푸른 비상구 이희중
063 님시편 하종오
064 비밀을 사랑한 이유 정은숙
065 고요한 동백을 품은 바다가 있다 정화진
066 내 귓속의 장대나무 숲 최정례
067 바퀴소리를 듣는다 장옥관
068 참 이상한 상형문자 이승욱
069 열하를 향하여 이기철
070 발전소 하재봉
071 화염길 박찬
072 딱따구리는 어디에 숨어 있는가 최동호
073 서랍 속의 여자 박지영
074 가끔 중세를 꿈꾼다 전대호
075 로큰롤 해본 김태형
076 에로스의 반지 백미혜
077 남자를 위하여 문정희
078 그가 내 얼굴을 만지네 송재학
079 검은 암소의 천국 성석제
080 그곳이 멀지 않다 나희덕
081 고요한 입술 송종규
082 오래 비어 있는 길 전동균

083	미리 이별을 노래하다 차창룡		125	뜻밖의 대답 김언희	
084	불안하다, 서 있는 것들 박용재		126	삼천갑자 복사꽃 정끝별	
085	성찰 전대호		127	나는 정말 아주 다르다 이만식	
086	삼류 극장에서의 한때 배용제		128	시간의 쪽배 오세영	
087	정동진역 김영남		129	간결한 배치 신해욱	
088	벼락무늬 이상희		130	수탉 고진하	
089	오전 10시에 배달되는 햇살 원희석		131	빛들의 피곤이 밤을 끌어당긴다 김소연	
090	나만의 것 정은숙		132	칸트의 동물원 이근화	
091	그로테스크 최승호		133	아침 산책 박이문	
092	나나 이야기 정한용		134	인디오 여인 곽효환	
093	지금 어디에 계십니까 백주은		135	모자나무 박찬일	
094	지도에 없는 섬 하나를 안다 임영조		136	녹슨 방 송종규	
095	말라죽은 앵두나무 아래 잠자는 저 여자 김언희		137	바다로 가득 찬 책 강기원	
			138	아버지의 도장 김재혁	
096	흰 책 정끝별		139	4월아, 미안하다 심언주	
097	늦게 온 소포 고두현		140	공중 묘지 성윤석	
098	내가 만난 사람은 모두 아름다웠다 이기철		141	그 얼굴에 입술을 대다 권혁웅	
099	빗자루를 타고 달리는 웃음 김승희		142	열애 신달자	
100	얼음수도원 고진하		143	길에서 만난 나무늘보 김민	
101	그날 말이 돌아오지 않는다 김경후		144	검은 표범 여인 문혜진	
102	오라, 거짓 사랑아 문정희		145	여왕코끼리의 힘 조명	
103	붉은 담장의 커브 이수명		146	광대 소녀의 거꾸로 도는 지구 정재학	
104	내 청춘의 격렬비열도엔 아직도 음악 같은 눈이 내리지 박정대		147	슬픈 갈릴레이의 마을 정채원	
			148	습관성 겨울 장승리	
105	제비꽃 여인숙 이정록		149	나쁜 소년이 서 있다 허연	
106	아담, 다른 얼굴 조원규		150	앨리스네 집 황성희	
107	노을의 집 배문성		151	스윙 여태천	
108	공놀이하는 달마 최동호		152	호텔 타셀의 돼지들 오은	
109	인생 이승훈		153	아주 붉은 현기증 천수호	
110	내 졸음에도 사랑은 떠도느냐 정철훈		154	침대를 타고 달렸어 신현림	
111	내 잠 속의 모래산 이장욱		155	소설을 쓰자 김언	
112	별의 집 백미혜		156	달의 아가미 김두안	
113	나는 푸른 트럭을 탔다 박찬일		157	우주전쟁 중에 첫사랑 서동욱	
114	사람은 사랑한 만큼 산다 박용재		158	시소의 감정 김지녀	
115	사랑은 야채 같은 것 성미정		159	오페라 미용실 윤석정	
116	어머니가 촛불로 밥을 지으신다 정재학		160	시차의 눈을 달랜다 김경주	
117	나는 걷는다 물먹은 대지 위를 원재길		161	몽해항로 장석주	
118	질 나쁜 연애 문혜진		162	은하가 은하를 관통하는 밤 강기원	
119	양귀비꽃 머리에 꽂고 문정희		163	마계 윤의섭	
120	해질녘에 아픈 사람 신현림		164	벼랑 위의 사랑 차창룡	
121	Love Adagio 박상순		165	언니에게 이영주	
122	오래 말하는 사이 신달자		166	소년 파르티잔 행동 지침 서효인	
123	하늘이 담긴 손 김영래		167	조용한 회화 가족 No. 1 조민	
124	가장 따뜻한 책 이기철		168	다산의 처녀 문정희	

169	타인의 의미 김행숙		212	결코 안녕인 세계 주영중
170	귀 없는 토끼에 관한 소수 의견 김성대		213	공중을 들어 올리는 하나의 방식 송종규
171	고요로의 초대 조정권		214	희지의 세계 황인찬
172	애초의 당신 김요일		215	달의 뒷면을 보다 고두현
173	가벼운 마음의 소유자들 유형진		216	온갖 것들의 낮 유계영
174	종이 신달자		217	지중해의 피 강기원
175	명왕성 되다 이재훈		218	일요일과 나쁜 날씨 장석주
176	유령들 정한용		219	세상의 모든 최대화 황유원
177	파묻힌 얼굴 오정국		220	몇 명의 내가 있는 액자 하나 여정
178	키키 김산		221	어느 누구의 모든 동생 서윤후
179	백 년 동안의 세계대전 서효인		222	백치의 산수 강정
180	나무, 나의 모국어 이기철		223	곡면의 힘 서동욱
181	밤의 분명한 사실들 진수미		224	나의 다른 이름들 조용미
182	사과 사이사이 새 최문자		225	벌레 신화 이재훈
183	애인 이응준		226	빛이 아닌 결론을 찢는 안미린
184	얘들아, 모든 이름을 사랑해 김경인		227	북촌 신달자
185	마른하늘에서 치는 박수 소리 오세영		228	감은 눈이 내 얼굴을 안태운
186	ㄹ 성기완		229	눈먼 자의 동쪽 오정국
187	모조 숲 이민하		230	혜성의 냄새 문혜진
188	침묵의 푸른 이랑 이태수		231	파도의 새로운 양상 김미령
189	구관조 씻기기 황인찬		232	흰 글씨로 쓰는 것 김준현
190	구두코 조혜은		233	내가 훔친 기적 강지혜
191	저렇게 오렌지는 익어 가고 여태천		234	흰 꽃 만지는 시간 이기철
192	이 집에서 슬픔은 안 된다 김상혁		235	북양항로 오세영
193	입술의 문자 한세정		236	구멍만 남은 도넛 조민
194	박카스 만세 박강		237	반지하 앨리스 신현림
195	나는 나와 어울리지 않는다 박판식		238	나는 벽에 붙어 잤다 최지인
196	딴생각 김재혁		239	표류하는 흑발 김이듬
197	4를 지키려는 노력 황성희		240	탐험과 소년과 계절의 서 안웅선
198	.zip 송기영		241	소리 책력冊曆 김정환
199	절반의 침묵 박은율		242	책기둥 문보영
200	양파 공동체 손미		243	황홀 허형만
201	온몸으로 밀고 나가는 것이다		244	조이와의 키스 배수연
	서동욱·김행숙 엮음		245	작가의 사랑 문정희
202	암흑향暗黑鄕 조연호		246	정원사를 바로 아세요 정지우
203	살 흐르다 신달자		247	사람은 모두 울고 난 얼굴 이상협
204	6 성동혁		248	내가 사랑하는 나의 새 인간 김복희
205	응 문정희		249	로라와 로라 심지아
206	모스크바예술극장의 기립 박수 기혁		250	타이피스트 김이강
207	기차는 꽃그늘에 주저앉아 김명인		251	목화, 어두운 마음의 깊이 이응준
208	백 리를 기다리는 말 박해람		252	백야의 소문으로 영원히 양안다
209	묵시록 윤의섭		253	캣콜링 이소호
210	비는 염소를 몰고 올 수 있을까 심언주		254	60조각의 비가 이선영
211	힐베르트 고양이 제로 함기석		255	우리가 훔친 것들이 만발한다 최문자

256 사람을 사랑해도 될까 손미
257 사과 얼마예요 조정인
258 눈 속의 구조대 장정일
259 아무는 밤 김안
260 사랑과 교육 송승언
261 밤이 계속될 거야 신동옥
262 간절함 신달자
263 양방향 김유림
264 어디서부터 오는 비인가요 윤의섭
265 나를 참으면 다만 내가 되는 걸까 김성대
266 이해할 차례이다 권박
267 7초간의 포옹 신현림
268 밤과 꿈의 뉘앙스 박은정
269 디자인하우스 센텐스 함기석
270 진짜 같은 마음 이서하
271 숲의 소실점을 향해 양안다
272 아가씨와 빵 심민아
273 한 사람의 불확실 오은경
274 우리의 초능력은 우는 일이 전부라고 생각해 윤종욱
275 작가의 탄생 유진목
276 방금 기이한 새소리를 들었다 김지녀
277 감히 슬프지 않을 수 있겠습니까? 여태천
278 내 몸을 입으시겠어요? 조명
279 그 웃음을 나도 좋아해 이기리
280 중세를 적다 홍일표
281 우리가 동시에 여기 있다는 소문 김미령
282 써칭 포 캔디맨 송기영
283 재와 사랑의 미래 김연덕
284 완벽한 개업 축하 시 강보원
285 백지에게 김언
286 재의 얼굴로 지나가다 오정국
287 커다란 하양으로 강정
288 여름 상설 공연 박은지
289 좋아하는 것들을 죽여 가면서 임정민
290 줄무늬 비닐 커튼 채호기
291 영원 아래서 잠시 이기철
292 다만 보라를 듣다 강기원
293 라흐 뒤 프루콩 드 네주 말하자면 눈송이의 예술 박정대
294 나랑 하고 시픈게 뭐에여? 최재원
295 해바라기밭의 리토르넬로 최문자
296 꿈을 꾸지 않기로 했고 그렇게 되었다 권민경
297 이건 우리만의 비밀이지? 강지혜
298 몸과 마음을 산뜻하게 정재율
299 오늘은 좀 추운 사랑도 좋아 문정희
300 눈 내리는 체육관 조혜은
301 가벼운 선물 조해주
302 자막과 입을 맞추는 영혼 김준현
303 당신은 오늘도 커다랗게 입을 찢으며 웃고 있습니까 신성희
304 소공포 배시은
305 월드 김종연
306 돌을 쥐려는 사람에게 김석영
307 빛의 체인 전수오
308 당신의 세계는 아직도 바다와 빗소리와 작약을 취급하는지 김경미
309 검은 머리 짐승 사전 신이인
310 세컨드핸드 조용우
311 전쟁과 평화가 있는 내 부엌 신달자
312 조금 전의 심장 홍일표
313 여름 가고 여름 채인숙
314 다들 모였다고 하지만 내가 없잖아 허주영
315 조금 진전 있음 이서하
316 장송행진곡 김현
317 얼룩말 상자 배진우
318 아기 늑대와 걸어가기 이지아
319 정신머리 박참새
320 개구리극장 마윤지
321 펜소스 임정민
322 이 시는 누워 있고 일어날 생각을 안 한다 임지은
323 미래슈퍼 옆 환상가게 강은교
324 개와 늑대와 도플갱어 숲 임원묵